ラルーナ文庫

刑事に甘やかしの邪恋

高月紅葉

三交社

CONTENTS

Illustration

小山田あみ

インテリヤクザと甘い代償

本作品はフィクションです。
実際の人物・団体・事件などにはいっさい関係ありません。

違和感だ。

激しい違和感で、大輔《だいすけ》は覚醒《かくせい》した。

身体《からだ》中に痛みがあるのは、階段を転げ落ちたせいだ。

組織犯罪対策部に配属されて三年。

身体には生傷が絶えない。チンピラ同士の大小様々な諍《いさか》いの仲介をしたり、そのための技術と体力をつける柔道稽古《けいこ》をするからだ。でも、他の刑事たちは大輔ほど頻繁にはケガをしない。つまり、大輔だけが無鉄砲なのだ。

本人は自覚していたが、自重する気はさらさらない。まるで暴力団の鉄砲玉みたいだと言われても平気だ。若いチンピラたちの同世代として、彼らに近い感性を期待されての部署替えだったから。

なのに、どうして、こんなことになっているのか、理解に苦しむ。

相手は、情報交換をしている大滝《おおたき》組の構成員。

イマドキのインテリヤクザで、目鼻立ちの整った顔を武器にして、ＯＬや主婦相手に株式や外貨投資の小さな詐欺を繰り返している。

顔に当たる柔らかな枕《まくら》に指をすがらせて、大輔はうなり声をあげた。

腰が痛い。変な体勢で寝ている。

うつ伏せで、腰を上げて。

器用だと自分を笑ったが、違うと思った。

違和感は腰だけじゃなかった。

のろりと顔をあげる。身体が泥のように重い。

視線の先に、鏡があった。細長い姿見だ。ベッドが、映っている。

その上に、腰を上げてうつ伏せている自分。

「はぁ？」

思わず声が出た。

大輔の腰に手を当て、下腹部をぴったりと押しつけている相手が鏡の中でにやりと笑う。くちびるには煙草《たばこ》が挟まっている。

「てっ、め……。灰が落ちるだろうが！」

突っ込むべきところはそこじゃない。

正しくは、なぜ、おまえが俺に突っ込んでいるんだ、というところだが、激しく、気が動転していた。

上半身裸になり、スラックスの前をくつろげた田辺《たなべ》は、くわえ煙草のシニカルな笑みのまま、腰をわずかに前へ進めた。

「……！」

大輔は息を呑《の》んだ。

信じられない。

自分が、男に、ナニを突っ込まれている。

とんでもない質量が、入るわけない場所の粘膜を押し広げる圧迫感。身体全体が硬直した。

「痛いって、三宅《みやけ》さん」

煙草を挟んだ手が、大輔の腰を叩《たた》いた。

「じゃあ、抜けよ！」

初めての体験だ。田辺のモノを押し込まれ、切れてしまわないかと心配で身じろぎさえ恐ろしい。枕を摑《つか》んだ手に力を入れて平常心を取り繕った。

「あんたがくわえ込んでんだよ」

いやらしく笑われて、大輔の頭に血がのぼる。

「ふっざけんな！　おまえが突っ込んでんだろ！　ってか、強姦《ごうかん》だろ、おまえ！」

「いやいや、準強姦でしょ」

のんきに答える田辺が、背骨を撫《な》で下ろして腰をさする。

「どーでもいい！　灰が落ちる！　灰が！」

「どーいう神経してんだかねぇ」

そっちこそ、と叫び返さなかったのは、田辺が繋《つな》がったまま手を伸ばしたからだ。

ぐっと結合が深くなり、ただでさえ限界に感じている場所を質量が責めてくる。めりめりと割られるような気がして、大輔は息を詰めた。

「うっ」

かすかな痛みが走ったが、目を閉じてこらえる。

田辺は枕元の棚に置かれたアルミの灰皿を引き寄せて、身体を起こした。ここがどこなのか、大輔は思い出そうとした。会っていたのは、古いビルに囲まれた、これもまた同等に古いビルの外付け非常階段だ。

その雑居ビルの一室なのだろう。造りのそっけなさは事務所だが、味気ないベッドと鏡、それからサイドテーブルは、ビジネスには無関係に見える。かといって、住居として使われている気配もない。

灰を落とす田辺の腕が鏡の中に見える。まだ煙草を消す気はないらしい。

再び、くちびるに挟むと、空いた両手でおもむろに大輔の尻《しり》の肉を掴んだ。

無遠慮に開かれ、大輔は身体を真っ赤にして震えた。羞恥《しゅうち》よりも、モノのように扱われた怒りが勝る。

「遠慮しろ！　ちょっとは遠慮しろよ！」

目の前の木製のサイドテーブルをバンバン叩いて叫ぶ。そうでもしていないと、気がおかしくなりそうだった。現状に、理解が追いつかない。思考回路は上滑りして、考えようと思うたびに、考えたくないと逃げていく。

当たり前だ。田辺の手が、あらぬところをなぞっている。限界まで広がっているはずの、大輔の『秘部』だ。風俗の女の子に舐《な》められたことはあっても、指さえ入れられたことのない場所を、よりにもよって、取り締まり対象である暴力団構成員のイチモツで塞《ふさ》がれている。

というより、もう、無理やりに、ねじ込まれている感じだ。

「ちゃんとオイルは塗ったから。ほらほら。大丈夫だよ」

情報を売るときと同じ気安さで、田辺は酒でも勧めるように笑った。

派閥には属さず、大滝組の資金源の一端を担う田辺は、組でも一目置かれる存在だ。それは根無し草を警戒する意味もある。

発言権は持たないが、田辺の動き次第で、資金が大きく変動し、それに組の動きが左右されるのだ。

「大丈夫なこと、あるか！　ムリだろ、ギチギチじゃねぇか。抜けよ！　抜けってば！」

プロレスマットの上でロープを求めるように、大輔は薄く筋肉のついた腕を伸ばした。引き剝《は》がされたシャツの袖が虚《むな》しく絡んでいる。

そもそもおかしかったのだ。

問題を起こした田辺の舎弟分を、お目こぼしで助けてやったのがきっかけだったが、それにしても、情報源として金で繋いでおくには大輔が出してきた金額も低すぎた。

気づかなかったのは、経験不足のせいだ。

組織犯罪対策部の生活は過酷で、嫁は顔つきまで変わったと怯《おび》えた。それぐらい、必死に走ってきた。

先輩たちからも、弱みを見せれば食いついてくる相手だと、散々に脅されたから、ヤクザ相手に虚勢を張るにも度胸と根性が必要だった。息をつけば、足元をすくわれかねない。

逃げようとする大輔の腰を、田辺が両手で掴む。

「おもしろいよなぁ、あんた」

田辺はくちびるの端を曲げて微笑《ほほえ》んだ。

やわらかなウェーブパーマのかかった髪がさらりと額にかかる。若いＯＬから熟年の主婦まで、そつなく手玉に取る二枚目だ。まるで王子様のようにキラキラした男前は、眼鏡《めがね》の下の爽《さわ》やかな笑顔に本性を隠している。今は隠そうともしていない、悪徳の色気だ。

「おもしろくない」

大輔はとげとげしく答えた。

「もっと、ノリがいいと思ったけど」

そんなノリの良さは持ち合わせていない。

どこの世界に、目が覚めたら男にハメられていて、ノリノリになれる男がいるだろうか。ゲイだって、もっと慎ましいだろう。

「性感マッサージの経験もないんだ?」

「ないよ!　悪かったな!」

と、答えたのは嘘《うそ》だ。

「さっきは指でも勃《た》ったけどね」

さらりと言われて、大輔はギャーと声をあげた。自分の知らない間に、男にケツをいじくられたなんて、腹立たしいうえにおぞましくもある。

「おまえは、ナニをするんだ。変態か!　ずっと俺のケツを狙《ねら》ってたんだな!」

「それはないんだけど。階段から転がり落ちて、のんきにぶっ倒れてる、マル暴のお兄さんがおもしろすぎて」

思い出したのか、くくっと笑い声をこぼす。

「悪い悪い。かわいすぎてさ」

「おもしろい方がまし!」

怒鳴り返しながら、どうにか逃げようとするが、がっちりと結合した部分の感覚は生々しくて、まさに抜き差しならない状態だ。身動きが取れない。

「ホントに、もう、抜けよ」

弱々しく訴えてみたが、田辺は答えない。その代わり、短くなった煙草を灰皿に押しつけて消した。

「愉《たの》しむってこと、覚えないと。この世の中、渡っていけないよ?」

言いながら、背中に覆いかぶさってくる。棚に灰皿を戻し、めいっぱい伸ばした大輔の手首を掴んだ。

一度はしっかりと握ってきた指が、するりとほどけて、肘《ひじ》へと肌をなぞる。ぞわぞわっと、怖気《おぞけ》が走った。こらえようとしても、身体が震える。

「痛い……、痛いから……」

本当は痛くない。でも、痛めつけられそうで、心が萎《な》える。抵抗もできないまな板の上の魚だ。もう包丁はぐっさりと突き刺さっている。

「こわくないから。任せて」

二の腕を撫で上げ、胸に手を回した田辺が、気味の悪いほど優しい声でささやいた。

大輔は目眩《めまい》を覚えて目を閉じる。見透かされていると感じた。

痛みはある。かすかに。でも、それは田辺の言う通り、未知の感覚が呼び起こす恐怖心だ。抱いたことはあっても抱かれたことはない。他人に組み敷かれる不安や無力さを考えたことはなかった。

女を抱くとき、何を考えていただろうか。興奮に追い立てられ、濡《ぬ》れるようにと必死で手順を踏み、その瞬間には意気揚々と差し入れた。

相手のあげる声の、本当の意味なんて気にしたことはなかった。

田辺が腰を退《ひ》いた。

瞬間、大輔は喉《のど》に息を詰まらせる。無抵抗な女を抱くときの感覚が淡く遠のいて、とても無残なことを強いてきたのだと、後悔が罪悪感にすり替わっていく。

オイルを塗ったと田辺が言ったのは、でたらめじゃなかったらしい。大輔の中で、ずるりと質量が動く。

めいっぱいに広げられた内壁をこすられ、違和感はまたたく間に絶望的な恐怖になる。わなわなと震える奥歯を嚙《か》みしめ、喚《わめ》きたくなるのをなんとかやり過ごす。

繫がった場所だけがやたらに熱くなり、それを意識すればするほど、大輔の肌は汗ばんでいく。田辺は腰をゆらゆらと動かした。激しい動きでなくても、大輔には耐えがたく、こらえきれない呻《うめ》きが喉から漏れた。

隠そうとすると、反対に大きな吐息になる。大輔は、顔を伏せていた枕を、力任せに叩いた。乾いた音が耳元でかすかにしただけだ。

「ほらほら、こわくないだろ？」

さも楽しそうに笑っている田辺が、ゆさゆさと揺れた。いつ、動きが大きくなるかと思うと不安でたまらず、大輔は内心で慌てふためいた。

「三宅さんの腰がついてきてる」

「……ッ」

怒る言葉も見つからない。

引いた後、押し込まれたくなくて、大輔の腰は確かに田辺の動きに従ってしまう。

「それじゃ、気持ちよくならないから」

耳元に息がかかる。濡れた舌に耳の裏を舐められて、大輔は枕に顔を押しつけた。息があがり、身体はガクガクと震える。

ヤクザ相手に弱みを見せてはいけないと強がっても、心を保てば保つほど、身体の制御まで理性が行き届かない。

「抜き差しするのが、気持ちいいんだから」

アナルセックスの悦《よ》さもよく知っていると言いたげな田辺の声は、女を懐柔するように甘く響いた。

気持ちよくなんて、なるわけがない。

心の中で抵抗した大輔は、枕の角を強く握りしめる。

腰の裏を撫でながら押さえつけた田辺の手は大きく、長い指が両方の腰骨をぐっと力強く引き寄せた。そして田辺は、ずるりと動く。

「……はっ、……く……」

大輔は、こらえた。

吐息と、怯えて漏れる小さな声を。

なのに、田辺は聞き逃さず味わうように、ゆっくりと腰を進めた。

ずくっと、硬い棒に掻《か》き分けられ、大輔は挿入の衝撃に驚いてしまう。両手で枕を抱きしめた。時間が過ぎるほどに、心と身体が現実に慣れていく。

それが心を守るための人間の本能だ。

「き、気持ちよくなんて……、なるっ、か……！」

強がることができたのは、奇跡だ。

田辺がゆるく動くたびに、二人の間に潤滑油が回っていく。硬く太いモノの出入りはますますスムーズになる。

「ばっかだねぇ、三宅さん」

艶《つや》っぽい声が熱を帯びる。

大輔を組み伏せて這《は》いつくばらせ、高く上げさせた腰を嬉々《きき》としてなぶる男は、やわらかな臀部《でんぶ》の筋肉をもてあそぶように揉《も》みしだいた。

「あんたじゃなくて、俺だよ。気持ちよくなるのは、俺の方だ。あんたの処女穴を使って、オナニーするんだよ……」

嘲笑《ちょうしょう》が聞こえた気がした。

大輔の肌は怒りでいっそう赤くなり、そしてぶるぶると震え出す。

「あぁ……、いいな。いい締まり具合だ。硬い入り口のわりに、中はトロトロになってる。案外、いやらしいんだな」

まるで道具でも試すような軽い口調だ。

「殺す……。オマエ、絶対に、殺してやるからな！」

大輔は、最後の強がりを口にした。

だんだんストロークが強くなる田辺の腰の動きに内臓を掻き回され、息があがって、声がこらえられなくなる。

「ホント、刑事《デカ》って馬鹿ばっかりだね」

田辺の言葉もそれが最後だった。

ベッドが喘《あえ》ぐように軋《きし》みを響かせ、大輔は鏡を二度と見なかった。

＊＊＊

「労災の申請書、今週中には出しとけよ」

いまだに通称『マル暴』と呼ばれている組織犯罪対策課は、時計の針が深夜を指し示していても、フロアに人が残っている。

「あぁ、はい。わかりました」

先輩の声に顔をあげた大輔は、すぐにパソコンの画面へ目を戻した。デスクワークは一番の苦手だ。なのに、それが山積みになっている。

すべてはインテリヤクザのせいだ。

田辺との一件の後、ヤクザ同士のいざこざに巻き込まれ、足腰の弱っていた大輔はまたしても階段落ちした。挙句、病院へ担ぎ込まれたのだ。

腰と背中はそのときの負傷ではない。無理な姿勢で激しく突き上げられたことが原因だ。でも、そんなことは先輩相手でも言えない。

それがわかっていて、田辺はわざと救急車を呼んだのだろうか。インテリを称する自分は部外者だと言いたげに、同じヤクザのケンカを遠巻きに見ていた。所属が違うのだから当然だが、大輔には冷たいように思えた。

「そういや、三宅」

「はい？」

呼ばれて、もう一度顔をあげる。

「おまえ、大滝組の情報を引っ張れたよな」

「え、あぁ」

思い出したくもない相手の顔が脳裏に浮かんで、大輔は言葉を濁した。

垂れ目がちな目尻に反してつり上がった眉《まゆ》をひそめる。

「たいしたことは聞けませんよ」

「大滝組が抗争をやらかすんじゃないかって噂《うわさ》が出てんだよ。裏取れないか」

「裏、ですかぁ」

一応、そう答えてみたものの、心の中では絶対にムリだと毒づいた。

何が悲しくて、自分をあんなにも玩具《おもちゃ》にしてもてあそんだ相手に、頭をさげなきゃならないのか。

教える代わりに、また掘らせろなんて言われたら、大輔は立ち直れそうにない。

「ムリじゃないですかね。だいたい、俺は今んとこ内勤ですし」

「あはは一。おまえはバカか」

五十絡みのコワモテがガハハと笑った後で、真顔になった。子供が見たら恐ろしさで泣くかもしれない。

マル暴の刑事の眼光の鋭さと、顔つきの悪さは異常だ。どっちがホンモノのヤクザだかわからない人間ばかりが揃《そろ》っている。大輔はその中に紛れた新人《チンピラ》だ。

「今日中に紙仕事のカタつけて、明日には行ってこい」

「そんな、せっぱつまってんですか」

「先月の民家への発砲事件、報復らしい」

「はぁ」

思わずため息が漏れる。

「気の抜けた声、出してんなよ」

「ムリですよ」

「気分はわからないでもないけどな。ま、おまえだけに期待してるわけじゃないから」

「やれるだけ、やってみます」

やるしかない。

どんな小さなネタでも、他の誰《だれ》かが拾ってきたネタと総合すれば、価値が出てくることもある。

「メソメソしてると思われるのもシャクだしな」

先輩刑事が去った後で、大輔は大きな独り言を口にした。

どんな顔で会えばいい、なんて、女みたいなことは考えても無駄だ。

会うときはヤクザと刑事。

ただそれだけだ。

何かの間違いで掘られたからって、犬に噛まれたと思えばいいだけじゃないか。

ありがたいことに、こっちはクスリと違って、癖にはなりそうもない。

「それで、ノコノコとやってきたわけですか」

「その言い方やめろ」

黙っていると眠たくなりそうな、上品で穏やかなクラシック音楽の流れる高級ホテルのロビーラウンジで、一杯千円のコーヒーを目の前にした大輔は眉をひそめる。膝《ひざ》の上で手を組んだ。

きっちりと髪をオールバックに撫でつけ、安物のダブルのスーツを着た大輔は、眼だけが隠しようもなくギラギラしていて、まるで警察関係者には見えない。

一方、向かい合っている田辺は、どこから見ても、会計士や弁護士のようなカタギに見える。

伊達《だて》眼鏡をかけ、爽やかな笑みを浮かべていた。

本性を知っている大輔から見たらしらじらしい表情だが、たいていの人間は騙《だま》されるだろう。

長い脚を組み、ゆったりとソファへ身を沈めた田辺は、睨《にら》みつける大輔に肩をすくめて、あははと笑った。

「本当のことでしょう」

「どこが、だ」

大輔はうなるように答えた。

「もう会うことはないと思ってましたよ」

眼鏡の奥で、田辺の目がすぅっと細くなる。

「俺に、あんなふうに、犯されたのに」

よく通る小声だった。

あの日の記憶を無理やりに引きずり出され、大輔はいらいらと身体を揺すった。不快感で引き起こる震えをごまかす。

動揺しているとは思われたくなかった。

「よかった、ですよね」

まるで仕事の話でもするような表情で、田辺はコーヒーカップを持ち上げた。

大輔の肌を撫で回した男の指だ。

思い出したくないと拒否するたびに、いっそう生々しく甦《よみがえ》る。

「よくない」

吐き捨てるように言い返す。癪《しゃく》に障って、視線をそらせない。

「よがってたでしょう」

「頭、おかしいんじゃないのか？　どこの女の話だ」

「三宅さん」

笑いをこらえた田辺が、カップを静かに戻す。

「ここは禁煙ですよ」

足早に近づいてくるウェイターを手で制する。

煙草へ火をつけたばかりの大輔は、慌てて靴の裏で揉み消した。

「また俺に抱かれに来たとばかり……、思ってましたけど」

しらっとした口調で、田辺は仕立てのいい三つ揃えの内ポケットへ手を入れた。

「いつでもお相手しますよ」

テーブルに置かれたのは、二枚のカードキー。

固まる大輔に対して、にっこりと笑った。

何人もの女を借金地獄に落としてきた営業スマイルだ。

「いまさら、怯えることもないでしょう。何をするかは、もうご存知のはずだ」

部屋番号を言い残して、お先にと立ち上がった。

颯爽《さっそう》と去っていく背中を一瞥《いちべつ》した大輔は、ブラックコーヒーを飲み干した。

田辺から聞き出したいことは、こんなところで話せる話じゃない。今までだって、人目につかずに交渉をしてきた。場所が雑居ビルの非常階段からホテルの一室へ変わるだけのことだ。

INSERT

だから、田辺の行為はごく自然のことだった。

手の内を探り合うような会話も、田辺の慇懃無礼《いんぎんぶれい》な態度もいつも通り。

「ふざけんな」

大輔はつぶやいた。

隣の席のサラリーマンが驚いて振り返る。

とっさに睨み返した。よほど人相が悪く見えるらしく、相手は飛び上がって視線をそらす。

犯されたぐらいがなんだ。

声に出さずに悪態をついた。

猫に引っ掻かれたようなものじゃないか。

それを、さも、自分が優位に立っているかのような言い回しをして。

苛立《いらだ》ちが募る。

女でもないし、怯えたりするもんか。

大輔はふんっと鼻で息をして、目の前のカードキーを手に取った。

田辺が相手じゃなくても、危ない橋は何度も渡ってきた。それが刑事の仕事だ。

ケガをすることはいとわない。それがどんな形でも。

たかだか、身体の一部を突っ込んだぐらいで、『犯した』なんて偉そうな言い方をされることが腹立たしいんだと大輔は思う。

気を失っていなければ、あんな失態を演じることはなかった。

「何が『いつでもお相手』だ。何が『抱かれに来た』だ。好き放題に言いやがって。俺とヤレるって期待して、ヨダレたらしてんのはおまえだろう！」

指定された部屋に入るなり、大きな声でがなり立てる。

窓から街を眺めていた田辺が振り返った。ベスト姿の後ろ姿が、テレビドラマから抜け出てきたようにシャレている。

騙された女が口を揃えて「この人だけは悪くない」と言うだけのことはある。騙されたと知っていても、女たちは田辺を守ろうとする。

愛してくれない相手でも、かすめ取られた金で田辺が潤ったのならば、愛のために支払った妥当な金だと主張する。だから、リーダーの田辺が起訴されることはない。

スーツの上着は椅子《いす》の背にかけてあり、ぴったりと身体に沿ったベストの生地も見るからに上質だ。その現実感に乏しい王子様加減が、汗水たらして働いている大輔の精神を、激しく逆撫でする。

田辺は静かに微笑んだ。

「だとしたら、もう一度、脚を開いてもらいましょうか」

「ふざけるな」

「欲しいものは、言われなくてもわかってますよ」

鼻筋の通った顔に、人の悪い笑みが浮かぶ。

「うちが抗争を計画してるんじゃないかって、情報が流れてるんでしょう」

「本当なんだな？」

前のめりになった大輔に、

「早とちりは命取り」

近づいてきた田辺が笑う。

「そんなおおげさなこと、うちがすると思いますか」

「するとも言えるし、しないとも……。どっちだ」

「こんな大ネタは、あんたが払ってきたようなはした金じゃ引っ張れないよ」

ふいっと身を翻して、冷蔵庫からビールを取り出す。

動きを目で追いながら、大輔はぎりぎりと奥歯を噛んだ。

それは先輩に情報を摑んでこいと言われたときからわかっていた。

普通なら、情報筋に対して便宜を図ってやることで、ギブアンドテイクな関係を構築する。

でも、田辺の身辺は、彼を含めて舎弟に至るまで、ほとんどボロを出すことはなかった。

情報交換を持ちかけるきっかけになった、若い下っ端の軽犯罪だけが唯一と言ってもいい。

「わかってるから、ついてきたんだろ、三宅さん」

「……そうだよ」

認めるしかない。

ツインベッドの片方に腰かけ、田辺を見上げた。

「この前、掘らせてやっただろ。それがツケになってるはずだ」

堂々と言い放つ。

部屋の冷蔵庫からビールを取り出した田辺は、口をつける直前で吹き出した。

「あんた！　マジで⁉」

手の甲で口元を拭《ぬぐ》いながら、田辺が爆笑する。大輔は相手を睨みつけ、大真面目《おおまじめ》に答えた。

「あれでも初物だからな。安くはない」

「そう来るとはなぁ……」

肩を揺らして笑いながら、田辺はさらにビールを呷《あお》った。

「その勇気に敬意を表して教えるよ、三宅さん」

「……」

胸を撫で下ろしたいのを我慢して、大輔は表情を固めたままで待った。田辺がビールの缶を揺らして言った。

「抗争はない。そんなおおげさなことはうちだってやらないだろ。バカじゃないんだから」

「確かなんだろうな」

「今まで嘘を売ったことはないけど？」

「わかった。なら、いい。気を悪くするなよ」

大輔は言いながら立ち上がった。

ポケットから折りたたんだ札を出して、ベッドへ投げ置く。

「部屋代の足しにしてくれ」

「安いねぇ、三宅さん」

にやけた声をかけられて、足早に部屋を出ようとしていた大輔は振り返りそうになった。ドアノブに手を置いて動きを止める。その瞬間を田辺は見逃さない。

安いのは、大輔が想像したこのホテルの部屋代か。それとも、情報料のことか。

「抗争は、ない」

田辺の声が近づいてくる。

「どういうことだ」

撒き餌《まえ》だと、振り返ったと同時に気がついた。

「抗争があるかないかを聞くだけでいいわけ？　あんたのバックバージン、本当に安いんだな」

ビールを持ったまま、田辺はまっすぐに歩いてきた。狭い部屋だ。すぐに大輔は追い詰められた。

「安いわりには、具合のいい穴だったけど」

部屋を出るタイミングはすでに逸していた。

いまさら、持って帰る情報がそれだけでいいとは答えられない。

「何があるんだ、他に」

大輔は近づいてくる田辺を見据えた。

「俺がこわいわけじゃないんだろ」

ドアノブを握ったままの手を、わざとらしく覗《のぞ》き込まれる。

「ふざけるな、田辺」

「ふざけなかったことはないよ。あんたと俺の関係に、そんなビジネスライクなものが、あるとでも思ってたわけだ」

田辺が声をひそめた。

「かわいいんだな」

耳元でささやかれて、大輔は激昂《げっこう》した。思わず振り下ろした拳《こぶし》が払われる。田辺は遠慮なく間合いを詰めてきた。

飲み干したビールの缶が、軽い音を立てて転がり落ちる。

「正直、女には不自由してないんだ。でも飽きた」

「だから、なんだ。近いんだよ」

ドアノブを掴んだまま、田辺によけられた拳で胸を押し返す。

「カネもいらない」

「おまえと取引するつもりはない。今後、一切だ！」

大輔は間髪入れずに叫んだ。

田辺の発するアルコールの匂《にお》いが鼻をつく。ドアノブを回そうとした手を掴まれた。

「気持ちよかっただろ？」

「はぁッ？　気持ちいいわけないだろ。あんなデカいもんを突っ込んどいて。だいたい、おまえは出してよかっただろうけど、俺は萎えてたっつーの！」

「だっけ？」

田辺は上機嫌に笑いながら片足を進め、大輔の両足の間へ押し込む。

「何してんだ」

大輔は思いきり気色ばんだ。ぎりぎりと睨みつけたが、相手はどこ吹く風と言わんばかりに笑う。

「悪いようにはしないよ」

「もうすでに悪い状況だろ」

「情報は、欲しいんだろ？」

「……」

黙ったことが肯定になった。

欲しいに決まっている。喉から手が出るほど、欲しい。

田辺が持っているモノなら、役に立つに決まっている。今までだって、どストライクな情報ばかりをもらってきた。

「まさかと思うけど、おまえ」

おそるおそる顔を覗き込む。

「いやいや、それはない」

伊達眼鏡の奥で、形のいい目が細くなる。

「男が好きなわけじゃないよ。ただ、威勢がいいのは好きなんだ」

「……もしもガセを摑ませたら、わかってるだろうな」

「どうする？」

「おまえの子飼いを片っ端からしょっ引いてやる」

「ははっ、それは困るな。金が集まらなくなる」

田辺の手が、大輔のスーツのボタンをはずす。

「じょ、条件がある」

「条件……」

手を止めた田辺が、小首を傾《かし》げた。

「いいよ。でも、こっちにもあるよ」

「なんで、おまえが言うんだよ」

「それで対等だろ。あんたは抱かせる。俺は情報を渡す。あんたは条件を出す。俺も出す。で、いくつ条件があるわけ」

「あぁー。もういい。なんでもいい」

あきらめた大輔は、ドアノブから手を離した。

「痛いのは嫌いだ。だから、無理やり突っ込むな」

「そういうことね。いいよ。優しくする」

「気持ち悪い言い方すんな！」

「どういう言い方しろって言うんだよ。他には」

「気持ちよくさせろ」

「態度でかいな……。前もよかっただろ」

「ぜんっぜん」

「っていっても、初心者が『ところてん』するのは……」

「んなこと、誰も言ってないだろ⁉　頼んでねぇよ！」

「じゃあ、舐めていかせてやるよ。他は」

「ない。好きにしろ。あっ！」

「何？」

「スカトロもなし」

「するかっ！」

田辺はげらげら笑い、両手を腰に当てた。

「どんな変態だと思ってんだよ。じゃあ、俺の方の条件も三つ出す」

「二つだろ」

「スカトロ入れたら、三つだ」

「……あぁ、そっか。いいよ。どうぞ。ってか、俺もビール飲むぞ」

田辺を押しのけて、冷蔵庫へ近づいた。

ビールを取り出して一気に飲み干し、ジャケットを脱いでベッドへ投げた。背中に向かって田辺が言う。

「ひとつ。逃げない」

「オッケ」

「ふたつ。抵抗しない」

「マジかよ」

「みっつ。やる前にシャワーを浴びない」

「へ、変態……」

「あんたにはしゃぶらせないんだから、別に困ることはないだろ」

「まぁ……、そうか。じゃあ、それで」

大輔は軽く言って、シャツを脱ぎ、肌着も脱ぎ捨てた。田辺の軽さにつられて、この交換条件も悪くないように思えてくる。痛くなくて気持ちがいいなら、金を払わないで済む性感マッサージだとでも思っていればいい。

後ろに突っ込まれることに関してだって、男の性器だと思わなければ生々しさも半減だ。

「振り切れると、早いな」

バカにしたように笑いながら、田辺も服を脱ぐ。そして、

「電気は消す？」

カーテンを引きながら言った。

「当たり前だろ。俺は、女とやるときも消す派だ」

大輔ははっきり答える。スラックスも下着も脱いで、隣のベッドのカバーを乱暴に剝いだ。

部屋の明かりが落ちる。出入り口は点《つ》け残したのか、真っ暗闇《くらやみ》にはならなかった。

「奥さんとはしてないんだな」

素っ裸になった田辺にのしかかられて、大輔はそっけなくそっぽを向いた。

「そんな暇あるか」

「マル暴は離婚率高いからな」

「そうそう、おまえらヤクザのせいでな」

目を閉じて、身体の力を抜く。田辺の指が、首筋を撫でる。身体が大きく震えたのを、大輔は部屋の空調のせいだと思う。

感じたわけじゃないと訂正したかったが、それぐらいのことがわからない田辺でもないだろう。口にするだけ墓穴を掘る。

「女に、飽きたなんて、あるのかよ」

「あんたが気になっただけだ」

田辺の答えを、大輔は鼻で笑った。

「俺に惚《ほ》れたか」

嘲《あざけ》るように笑ったが、いざ合意のセックスをするとなって、黙っていられないのは大輔の方だ。

恥ずかしさを持て余していると、男の指に鎖骨をなぞられた。

胸筋に沿ってくだり、乳首を弾《はじ》かれる。

「うっ……」

「感じる？」

田辺の息が肌に当たる。

「くすぐったいんだよ」

顔をしかめて身をよじった。

田辺はしつこく責めたりはしない。だが、手のひらはすぐに腰から下へと伸び、大輔のそれを摑んだ。

「反応してないんだな」

「がっかりしただろ」

からかいながらベッドをずり上がり、壁に肩を預けて上半身を起こす。

「別に。これからだ」

「あっそ」

そっけなく答えて、大輔は片膝を立てた。

田辺が眼鏡をはずし、サイドテーブルに置く。片手は大輔を握ったまま、こねくり回している。柔らかな肉は変化を見せない。

「ダメだな」

自分の股間《こかん》を見下ろした大輔は、ごつごつした男の手に握られて萎縮《いしゅく》しきっているモノに同情する。たぶん、エロいことを想像しても立たないだろう。

握っているのが男では、どうにもならない。

なのに田辺はにやりと笑う。そしてそのまま、何も言わずに潜り込んだ。

息がへその辺りにかかり、大輔はまた身じろぐ。

生温かい息に弱いのは昔からだ。すぐに鳥肌が立つ。だから、身体を硬くして耐えた。

ぞわぞわと広がる嫌悪を奥歯で噛み殺す。そのとき、おもむろに田辺のくちびるが押し当たった。

ハッと息を呑んだ大輔の見ている前で、先端がくちびるに甘噛みされる。そして全体をくわえられた。生温かい唾液《だえき》の濡れた感触は、久しぶりすぎて新鮮だ。

大輔は天井を仰いで、腕をまぶたに押し当てた。

舌が絡みつき、皮を吸われる。

萎えていた柔らかな肉が芯《しん》を持ち、朝の生理現象でも、疲れすぎているのでもない、外的な刺激による勃起《ぼっき》が始まっていく。

「……男のチンコ舐めて、嬉《うれ》しそうだな。田辺。おい、変態」

湧《わ》き起こる感覚を遠ざけようと口にした言葉を、田辺は顔を伏せたままで笑い飛ばした。

「あんたは、本当にかわいいよな。惚れてないけど、かわいがりたくなる」

「気持ち悪いこと、言うな。萎える……」

「そうかな？　もうビンビンに勃起してる」

「嘘つけ」

顔を隠したままで、息をつく。

そうして気を紛らせないと、田辺が指摘する自分の反応を肯定するようでたまらない。

感じているのは嘘じゃなかった。

この前のような、気がつけば挿入されている性急さではなく、快楽を引きずり出す丁寧な愛撫《あいぶ》は、性的に放置されていた大輔の身体を翻弄《ほんろう》する。

手でしごかれているのとは違い、オーラルセックスには男も女もなかった。それどころか、少し乱暴なぐらいの田辺の動きは、男の悦いところをぐいぐいと責めてくる。

同じ男だからわかる的確さだ。

「……んっ」

裏筋を舐め上げられ、そのまま鈴口に舌先を突っ込まれる。大輔から思わず声が漏れた。

田辺がほくそ笑む。

「知らないんだな。自分がどう見えてるか。向こう見ずで、危なっかしくて、俺が相手しなきゃヤクザに骨までしゃぶられてるとこだよ」

根元から指でこすり上げられた。勃起した後になっては、それが男の指であることはなんの妨げにもならない。いっそ、しっかりとした肉の厚さが快感を煽《あお》るぐらいだ。

田辺の息が先端にかかり、大輔の腰が無意識にわななく。

「ちょっ……」

もうシャレにならなかった。

男に握られ、舐めしゃぶられ、勃起している。

自覚した瞬間、次に起こることを思い出した。身体は自然と硬くなり、水を浴びせられたように現実に引き戻される。

「やっぱり、ムリだ！」

握られるのはかまわない。舐められるのも、しゃぶられるのもいい。ただ、この後には、あれが待っている。

普通に考えただけで苦痛でしかない行為だ。もう一度、あんな太いものを入れられたら、大変なことになってしまう。

大輔は身をよじって田辺から逃れた。

「三宅さん、いいんですか。これぐらいでは、ネタをあげられませんけど」

「いいよ」

ベッドの端に逃げながら、答える。

そんなことはもうどうでもいい。自分の中の男のプライドを踏みにじってまで固執するようなものでもないはずだ。

いまさら真実に気がついて、大輔はベッドから立ち上がった。その腕を、田辺が力任せに引いた。

「離せよ」

傾ぐ身体を両足で踏ん張ってこらえ、肩越しに睨んだ。薄闇の中で、眼鏡をはずした田辺の瞳《ひとみ》は昏《くら》く光って見えた。

「できないね」

ベッドの上で膝立ちになり、摑んだ腕をひねるようにしながら大輔を引き戻す。

今度は踏ん張りきれない。引きずり戻され、みっともなくベッドへ倒れ込むと、肩へ田辺の膝がめり込んだ。ぐっと体重をかけられる。

鈍い痛みが走り、大輔は顔をしかめながら、シーツを摑んだ。

「冗談は終わりなんだよ」

低く呻くように訴える。田辺の眉がぴくりと動いた。

「冗談なんかじゃないから、心配はいらないよ。あんたを、誰かに渡すつもりはないから」

「意味がわかんないんだよ!」

「そこが甘いんだよな。ヤクザ相手にして、ヤクザになりきれないのは……致命傷だろ」

さらに腕をねじられる。大輔は小さく呻き声を漏らした。

「マル暴の新人を手籠《てご》めにしてでも子飼いにしたいヤツはさ、腐るほどいるんだよ。あんたのとこの優しい先輩が、心配して世話焼いてただろ？　なのに、あんたはそれをイチイチ跳ね飛ばしてる。危なっかしいんだよ」

配属された頃、教育係だった相棒の先輩刑事のことだ。その男は腹が立つほど口うるさかった。

服装から髪型、目つきから口調、声色まで注意された。それから、捜査方法も。

うっとうしいと思っていたあれこれの意味がいまさらわかる。

「おまえに、関係ないだろ」

「ないねぇ」

田辺の笑い声が降ってくる。

押さえ込まれたまま、大輔はくちびるを噛んだ。

「逃げられないよ、あんた」

「変態……っ」

「まぁまぁ。俺はあんたをシャブで漬け込もうとも思ってないから。本当に、マシなんだよ？　別に、俺の犬になって足を舐めろとも言わないし」

「……」

そんなことを言われるなんて、考えるだけでおぞましい。

「抵抗しないって約束だろ？　かわいがってやるから」

「勝手なこと言うな！　どけよ！　バカ、ヘンタイ、強姦魔！」

「強姦じゃないだろ、ちゃんと取引したのになぁ」

田辺がのんきにぼやく。

「どけっ」

大輔は手足をばたつかせて暴れた。丁寧に撫でつけたオールバックが乱れて、髪が額にかかる。

こんなところで、インテリヤクザと関係を持っている場合じゃない。

でも。なのに。

「あぁ……、言いたくなかったのにな」

甘い声で田辺が言う。笑みを滲《にじ》ませた、どこか楽しげな声。

「この前の、うちのマンションでの一件。きちんと映像で残してあるよ」

びくんと、大輔の身体がこわばる。手のひらで胸を押し戻す体勢のまま、相手を見上げた。

薄闇の中で、田辺がその手首を握る。

「俺に突っ込まれて、デカのあんたがヒィヒィ言ってるビデオ。喜ぶやつも多いと思うな。

あんたの部署のヤツとか、あんたの」

　力の抜けた大輔の人差し指を吸い上げて、

「かわいい奥さんだとか」

　田辺はあくどい表情でいやらしく微笑んだ。

「死ねよ、おまえ。殺してやるから」

　うなり声は負け惜しみでしかない。

　くちびるを噛んで、大輔は肩を枕へと戻した。首筋を田辺に舐められる。

「約束通り気持ちよくしてやるから。……いい子にできたらね」

　手のひらが大輔の髪を乱す。ヘアスタイルが崩れて前髪ができると、大輔は普段より幼い印象になる。

「俺が、死にたい……」

　つぶやきながら、両腕で顔を覆い隠す。

　舐められて勃起したものは、まだ萎えていない。

　中途半端に放っておかれて力を緩めてはいるが、まだ愛撫を期待して目覚めている。

　田辺の手が根元から包み込むように掴んだ。

　人の熱が伝わり、大輔は乾いて仕方がないくちびるを舌先で舐める。今度こそ抵抗はできない。

もしかしたら、と思っていた。あの日からずっと、考えないようにしてきたことだ。田辺が保険をかけていないなんて考えられなかった。

「……っあ……」

数回しごかれただけで、熱はすぐに戻る。

田辺の息がかかり、弾みそうになる腰をこらえるだけで精一杯になった。

「ふ、……ん……」

先端のやわらかな肉を軽く噛まれて息が漏れた。

「出しておこうか、三宅さん」

田辺が笑う。

「いや、だ……」

「そんなこと言っても、ね。このままじゃ我慢できないんじゃないの？」

「うるさっ、い」

「こんなに、ぬるぬるしてるし」

「……っう、ん」

「こうされると、気持ちいいだろ」

「やめっ…、出るっ」

思わず田辺の髪を摑んだ。腰が跳ねる。

声を詰まらせて、呻いた。背中をのけぞらせ、大輔はせつなくこみあげる熱を放つ。

「たっぷりだ」

整った顔立ちに、意地の悪い笑顔を貼《は》りつけて、田辺が濡れた手を開いて見せた。

べっとりとついたザーメンを拭《ふ》き取るためにベッドを下り、サイドテーブルのティッシュを引き抜く。

「……ぁ、はぁっ……っ」

大輔は息を乱した。顔を覆った腕の下から目で追うと、田辺は全裸をものともせず部屋を横切っていく。

煙草に火をつけて、壁にかかったイラストを見上げた。

背中に薄くついた筋肉が動く。火のついた煙草を指に挟んだまま田辺が髪を掻き上げる。

薄明かりの中で、シルエットがイラストの上に伸びた。

「一度出したら、あきらめがついただろう」

振り返らずに田辺が言う。大輔は答えなかった。

身体の芯がまだジンジンと痺《しび》れている。出すことだけを目的にすることがあっても、出したくないと思うことなんて今までなかった。

「さぁ、やろうか。ベイビー」

にこりともせずに田辺が近づいてくる。

手にした煙草の火が、あかあかと燃え、ぐったりした大輔の膝が左右に割られた。

「本気、かよ……」

本気で、まだ続けるつもりなのか。

「いい子だ」

田辺が膝を撫でる。

「約束は忘れるなよ。逃げない、抵抗しない、シャワーを浴びない。……逃がさないからな。恥ずかしい格好で、ゆっくりと入ってやるよ。この前、ほぐしたみたいに、念入りにして。俺のものを根元まで飲み込むまで……。なぁ?」

独り言のようなささやきが、大輔の気を遠くさせる。

男の手中へ、完全に落ちたことを自覚した。鈍い痛みが胸を刺す。

人相を偽るための伊達眼鏡をはずせば、やはりヤクザそのものの鋭いまなざしをした田辺に射抜かれ、大輔の身体は蛇に睨まれた蛙《かえる》のようにすくんでいる。

映像が残っていると脅されたから言いなりになるのだ。そう繰り返す自分自身の声が憎らしい。

「ほら、オイルを塗るから……」

片膝の裏をすくいあげた田辺は、顔を歪《ゆが》める大輔に気づいて、意地悪くくちびるの端を曲げた。口に挟んだ煙草を、指で摘《つ》まむ。

「恥ずかしいんだ？　かわいいな」

嫌がるとわかっていて繰り返す。

「ほらほら、自分の手であんよ持って」

「……くっ……」

屈辱に耐えた大輔の悪態が、喉でくぐもった音になる。抵抗できなかった。顔を隠していた手を、痛いほどの力で引き剝がされて、膝へと導かれた。自分で膝を持つように強要される。

大輔の顔は羞恥で上気した。赤く火照《ほて》り、叫んで身悶《みもだ》えしたいぐらいの屈辱がこみあげる。奥歯を嚙んでこらえた。でも、身体はぶるぶると震える。

それが、男の嗜虐心《しぎゃくしん》を煽ると知っているのに、今は思い至ることができない。

まさか、自分が辱められる日が来るとは思わなかったからだ。男が男に犯される。それは虚実紙一重だ。悪ふざけにも、虐待にもなりえる。

生温かい人肌の感触が、剝《む》き出しになった下半身に触れるのを感じ、大輔は全身を硬直させた。怒りと羞恥で震えた腕から膝がはずれる。そのまま身をよじって逃げる。

枕にしがみついて、乱れた髪をこすりつけるように頭を振った。

「イヤイヤ、しない」

田辺が笑う。大輔の羞恥を引き出すスイッチを見つけたことが嬉しくてたまらないのだ。

感情は声に滲み、弾んでいる。

「ちゃんと持ってないと、痛いよ？　きれいきれいして、気持ちよくなろうなぁ」

ぐいっと足を摑まれた。オイルがぬめる。

「勘弁、してくれよ……」

たまらず泣き言を口にした。普通にやられる方がまだいい。

「痛いの、嫌なんだろう？」

「だからって、こんな……っ。ん、くぅ……」

突然、指が侵入する。衝撃を感じた大輔は、目を白黒させた。息が一瞬止まる。

「な？　苦しいだろ？　指だけでも、こんなふうなのに、俺のをいきなり突っ込んだら、どうなると思う」

「……ッ」

オイルをすくった指一本でも、何の準備もされていない大輔の後孔には抵抗が強すぎた。もしもこのまま犯されたら、痛みも傷もひどいことになる。

「ちゃんと俺の言うことを聞いて」

摑んだ足のくるぶしに顔を寄せ、田辺はかりっと歯を立てる。大輔が屈辱に潤んだ目で睨みつけても、抵抗にすらならない。

「言うこと聞かないと、あんたのかわいいところがみんなに見られちゃうだろ？　俺に突っ込まれて、かわいく揺れてたよなぁ」

田辺は小さく小さくささやいた。『かわいい』と表現されるたび、小馬鹿にされた大輔は呻いて顔を歪める。

「ほら、あんよ持って」

優しさを装ってからかってくる田辺の本心がどこにあるのか、まるで見えない。

小さな子供に語りかける口調で大輔の手を促し、田辺は差し込んだ指をゆっくりと回した。

触れられたことのない体内をえぐられ、大輔は皮膚をわななかせて顔を背ける。

田辺が指を引き抜く。だが、終わりではない。再びオイルを運ばれる。下準備を繰り返されるごとに、指を食《は》んだ場所から濡れた音が響く。やがて際立っていやらしく聞こえ、大輔のけっして細くはないはずの神経はさらにすり減っていく。

「……ふっ……ん」

こらえても、吐息がくちびるを割った。

そんな大輔の反応を確かめるように、田辺はぬめった指を動かす。

「指、もう一本入れようか」

軽い口調だ。大輔が腰を揺らして拒むと、田辺はかすかに笑った。

「逃げない」

太ももをパチンと叩かれる。

「……てっ、め……」

「殺したいだろう？」

田辺が先回りして笑う。大輔は歯軋りした。敏感な部分を責められ、急所を押さえられている。声も出せず、逃げ出すこともできない。浅く繰り返す息が喘ぎにならないように、大輔はわざとおおげさにふぅふぅと呼吸をする。

「こんなふうになっても、まだ悪態をつけるなんて」

ようやく煙草を消して、田辺は髪を掻き上げた。ゆるいウェーブの髪が弾む。

「でも」

言葉が途切れた。二本に増やした指で入り口をなぞる。

「楽しいセックスだ」

「ふざけるなっ……」

息を乱して、大輔は目を閉じた。足はもう抱えたままだ。

悔しくて悔しくて、身体は半ば固まってしまっている。

「女なら数えきれないほど抱いてきたよ。優しくも、ひどくも」

「ハッ！」

大輔は失笑した。

「……なら、男は掘られる専門なんだろ」

「強がるなぁ」

ぐいっと指がねじ込まれ、息を呑んで膝の裏に爪《つめ》を立てた。

未知の感覚にざわめく感情が疎ましく、底知れぬ恐怖感が全身を駆け巡る。

大輔はようやく田辺の言葉の意味を理解した。

ゆっくりとスポットを探られたせいだ。指で何度もなぞられた大輔のシンボルも隆々と屹立《きつりつ》している。

「出したばっかりだろ？　男もこんなにおもしろいなら、もっと早くに嗜《たしな》むべきだったな」

舌なめずりするように田辺が嘲笑した。

「うっ……はぁ、ぁ……」

「二本はきついか？　俺のはこんなんじゃないよ。知ってるよな」

「……きつっ、い……」

呻いた。

田辺の指はぐりぐりと内壁をえぐり、入り口から奥までを遠慮なくまさぐる。大輔は眉根を寄せ、くちびるを震わせながら天井を仰いだ。

「……はっ、……」

わざと音を立てるようにして、指の出し入れを繰り返される。卑猥《ひわい》な水音と、違和感ばかりのごつごつと骨ばった指の感触に翻弄されまいと、大輔は踏ん張って抵抗した。声をこらえて、息を詰める。何も考えられず、考えたくもない。

自分で足を抱え、赤ちゃんのような恥ずかしい格好をさせられている。恥部をすべてさらけ出し、見てくれと言わんばかりだ。田辺のクールな声は子供をたしなめるように大輔を諭した。大輔の理性は、羞恥に引き裂かれてズタズタになる。

「泣いてるのか」

目を閉じてやり過ごそうと懸命に耐えていた大輔は、ハッと我に返った。指が抜かれ、代わりにあてがわれている熱に、いまさら気がつく。

目を開いて、相手を見た。

まっすぐ。

まっすぐ見つめる。

その瞳から一筋だけ、丸い水滴が転がり落ち、線を引く。

「汗だ……ッ」

大輔はうそぶいた。膝を抱える手に、田辺の手が重なる。

「入るよ」

フッと笑った田辺が濡れてとろけた入り口を開いた。熱に切り裂かれる。

大輔は目を閉じなかった。

ゆっくりと、開き具合を探るように行きつ戻りつしながら腰を進める田辺が、視線を合わせようと顔を覗き込んでくるからだ。目をそらしたら負けになる気がして、大輔は相手を睨みつける。

二人は見つめ合ったまま、息をひそめた。

「一気に、入りそうだな」

「好きに、しろよ……っ」

「じゃあ、ゆっくりだ。指なんかとは、比べものにならないだろ」

「う、っわ……」

確かな質量に切り開かれ、大輔は顔を歪める。吐き出せば楽になる息を、吐かずにこらえるだけがせめてもの抵抗だ。

「これから……、あんたを気持ちよくする、俺のだ」

田辺はわざといやらしく言う。

太くいきり立った熱の塊に内臓を犯され、大輔は喘いだ。奥の奥まで犯されている気がする。そうしたくないのに、怯えた内壁がきつく田辺を包んでしまう。

押し込まれるたびに奥を突き上げられ、体内を蹂躙《じゅうりん》される苦しさで指に力がこもる。

「噛み切られそうだな」

田辺も眉をひそめた。

「そんなに、これが好きか？　悪い子だな」

言うなり、ぐいっと膝裏を押された。大輔の身体は二つ折りになり、腰が浮く。

思わず息を吸い込んだ隙《すき》をついて、田辺が根元まで押し込んだ。

「ほら、おなかいっぱい入っただろ？」

窮屈さをこらえた目は、まぶしそうに細くなる。

「ぁ、くっ……ぅ」

膝を肩につくほど押さえつけられたまま、あごを掴んで揺らされた。大輔は、屈辱に濡れた瞳でなおも相手を睨んだ。

もう、それ以外の方法では、理性を保つことができない。

「そんな顔するな」

表情を覗き込む田辺が笑いながら腰をわずかに引く。

「……すぐ、気持ちよくしてやるよ」

ぐいっと前へ進んだ。

「はっ、ぁ……ちょっ、……待てっ……」

慌てた大輔の手が、膝の裏からはずれる。

「ムリ、動くなっ……」

短いストロークで小刻みに突かれ、足を上から押さえ込む田辺の腕を激しく叩いた。

「ムリ？　笑えるなぁ」

小首を傾げた悪党は、舌なめずりして大きく動く。どんっと突き上げられて、大輔は小さく悲鳴をあげてのけぞった。

「うん？　この前は、こんなもんじゃなかっただろ？」

言いながら、田辺が腰を振る。激しく責めたてられた。

「くっ、……ん、はっ、……はっ、ぁ」

大きく引き抜かずに深々と差し込んだままで、奥を何度も突き上げられる。ずり上がろうとする身体は乱暴に戻される。

乱れる息をこらえることはもう無理だった。大輔の額に玉のような汗が浮き上がる。

「赤ちゃんみたいに泣いていいんだぜ」

田辺が言った。

揺さぶられる動きに翻弄される大輔は、睨むこともできずに視線を向けた。

「いい子だから、力を抜いて。俺にぜんぶ預けろよ。天国を見せてやるから」

「死んでも、ごめんだ……」

「痛いのが好きなんだな？」

「だれがっ」

「あんたが、だ」

指が、大輔のくちびるをなぞった。

「自分で愉しもうとしないなら、俺にだって気持ちよくするなんて無理だ。薬でも使わない限りはな。でも、ひどいのが気持ちいいなら、やり方変えてもいいんだ」

「いぃったぁっ！」

おもむろに内太ももをつねられて、大輔は声をあげて飛び上がる。

「気持ちいいか？」

「いいわけあるか！　ぼけっ！」

「じゃ、これは？」

大きく開かせた足を両脇《りょうわき》に抱えた田辺は、自分の膝の上に大輔の腰を抱き上げるようにした。田辺がゆさゆさと腰を揺する。

ずるっと質量の動く感覚がした後、にちゅりと湿ったいやらしい音が立つ。ともに肉がこすれた。

「ふ、うぅ…っう…」

なめらかな衝撃だった。

大輔は自分の大腿部《だいたいぶ》の肌に爪を立て、ぶるぶるっと震える。背中にぞくりと怖気が走り、それが背徳的な感傷に変わっていく。

快感だと認識する前に、田辺は次の一撃で大輔を深く穿《うが》った。

「んんっ！」

硬い肉棒がやわらかくぬめった内部を貫いて、さらに、ぐるりと蜜《みつ》を混ぜるように動く。

「……ん、んん」

声を出すまいとくちびるを閉じても、吐息は鼻から漏れる。媚態《びたい》めいた響きは絶望的だ。

「気持ちよくなりたかったんだろ？　声を出せよ。ここは、もっと欲しいって素直なのに」

指が、接合した部分をなぞり、大輔は顔を背けた。

息を継ぎたかった。でも口を少しでも開けば、突き上げられた衝撃で声がこぼれる。

「拗《す》ねるなよ。ねんねだな」

大輔のあごを掴んだ田辺の顔が近づく。

「やめっ……」

キスを避《よ》けた大輔の頬《ほお》をがぶりと噛み、それから、ねっとりと舐めあげる。

「女みたいにぐちゃぐちゃになってる」

楽しげに笑うのとほぼ同時に、リズムをつけて腰を振り始めた。

「…んっ、んん！　……っはぁ、ぁ……あっ」

呼吸に合わせるように責められて、大輔はたまらずに身をよじった。

息が乱されて、吸い込むたびに小さな声になる。細かく刻まれた喘ぎは大輔を苛《さいな》んだ。

でも、それ以上に田辺の腰に心が乱されてしまう。

タイミングを見ていたのだろう。田辺はふいに根元まで押し込んだ。

「あっ……！」

大輔は叫んだ。

内壁に傷がつくのではないかという恐怖に勝てず、田辺の肩に指をすがらせる。

「あ、あ、ぁ……んくっ。んぁ……ぁ」

一度漏れた声はもう止めようがなかった。

解放された喉はいきいきと呼吸を始め、途切れ途切れの喘ぎが部屋に響く。

「いい声だ」

笑う田辺の額から、汗がしたたり落ちる。

「ふ、っん……、あ、ぁ」

浅く深く翻弄されて、大輔は目を閉じた。

声を出すと身体の緊張が解け、電流となった快感が一気に体内の神経を駆け巡る。

男に犯されて、感じているのだ。

その事実に打ちのめされて直後、大輔は何もかもがどうでもよくなった。

気持ちいい。

感情さえも手放してしまえば、それが真実だ。

あの日とは違う。苦痛だけが腰を苛んだ時間とは比べものにならない。

田辺が小さく息を吐き出しながらピストンを繰り返すたびに、こすれ合う肉から淫蕩《いんとう》な欲情が湧いてきて、目眩を生む。

「ほんと、死ねよ、おまえ」

大輔は息もたえだえに言った。

足先にまで震えが走り、腰が次の快感を求めて浮き上がる。悪態をついた後、

「気持ち、いぃ……」

天を仰ぐようにぼんやりと口走った。大輔のシンボルも、再び熱を持ち始めていた。

悔しい。

こんなふうに快感を認めるのはシャクだ。でも、もう、どうでもよかった。

どうせ二度目だ。抵抗すればするほどイニシアチブが田辺に移り、自分が性的弱者になっていく気がする。犯されていることが事実でも、レイプだとは思いたくない。

男の俺が、と大輔はまだ最後の一線を守る。

「ん、……っ、はぁ。……あ、あ……」

身体から力を抜くと、田辺の動きがゆるやかになった。

二人を繋ぐ濡れた音と、低い息遣いが交じり合う。部屋の空気がけだるくぬるんでいく。

「……ふっ、んん。あっ、あっ、あ」

「いい声だな。ココも、具合がいい。濡れて、絡みついてくる」

いやらしい責め文句を無視して、大輔は細めた眼で水面のように揺らぐ天井を眺めた。

声はくちびるを割って勝手にこぼれ落ちる。田辺が肉をこすってえぐるたび、大輔の身体は活魚のようにビクッと跳ねて反応を返す。

「本当に、感じてるんだな」

小休止のゆるやかな動きに戻った田辺が、二人の間で揺れる大輔の先端をなぞった。

反り返った勃起はピクピクと揺れ、大輔は熱っぽく喘ぐ。目をすがめ、のしかかっている男を見た。

「こすってくれよ」

喘ぎながら、かすれた声で求める。すると、肩をすくめた田辺がくちびるの端を歪めた。

笑いながら、大輔の先端を手のひらで包んで揉む。

「……あっ、あぁ……」

身悶えて、大輔はシーツを乱した。

「淫乱《いんらん》」

田辺が笑った。

笑いながら大輔の手を引っ張って、下腹部で反り返る性器にあてがう。

「もっと激しく突いてやるから、自分でしごけよ」

「……めんどくせ……」

自分自身に触れ、大輔はけだるく答えた。

「それぐらいしろよ。深いところをガンガンに突き上げてやるから、気持ちよくなるだろ？」

「痛いだけじゃねぇの……」

「やってみてから、言えよ。女はひぃひぃ言ってよがるけどな」

「ふぅん……」

気のない相槌《あいづち》を打った大輔は、触り慣れた分身を手のひらで包み持った。頭がぼんやりとする。快楽は深く浅くを繰り返し、胸はざわめくばかりだ。

田辺はゆっくりと動き始める。

やわやわと腰を揺らされ、大輔はまた、小さく息を漏らした。手をゆっくりと動かし、自身を慰める。肉茎の上部のかさも張り詰めて、先走りがこぼれてぬめりが肌に広がる。

先端をいじると、足先まで淡い電流が走った。

「くっ……」

足の指先が震え、腰が浮く。

大輔が快感を追い始めたのを察したのか、田辺の動きは次第に大きくなった。

「う、……うわっ」

ずんっと突き上げられて、大輔の声は思わず引きつってしまう。

引き幅は浅く、田辺は続けざまにずんずんと突いてくる。狭い内壁の奥を太い先端で突かれる衝撃と、ぎっちりと噛み合わさった入り口の肉の摩擦。

「……ふかっ、……そんなっ！」

意味のない言葉を叫んだ。

田辺はなおも奥へ奥へとねじ込むように進んでくる。

「あぁっ」

と、田辺が初めて声を漏らす。

腰を進めるたびにずり上がる大輔の身体を引き戻し、肩を掴み押さえながら、くちびるを噛みしめた。

「……いっきそ……」

はぁはぁと息を乱し、田辺は忌々しげに舌打ちした。

「あんた、気持ちいいよ。……この前と、比べものに……ならない……」

息を整えようとしながら、それでも腰は動きたがっている。

「ん、っは、……」

「めちゃくちゃにしたい。……このまま、死ぬほど犯してやりたい」

田辺の汗が、大輔の肌に落ちる。

「もう……、犯してんだろ。……ばぁか」

大輔も汗みずくで、乱れる呼吸のままで答えた。

「バカだな」

田辺が苦しげな表情で身体を起こす。大輔の足を引き寄せ、抱え直し、

「俺が言ってるのは、こういうことだっ……」

額の汗を拭って髪を掻き上げ、一呼吸置いて動きを再開した。

「いっ……！」

大きなストローク。

痛いほど腰を打ちつけられ、激しく腰を使われる。大輔は背を反らして悶えた。

「んっ。はぁ、ぁ、あ。く……んんっ、ん、ん」

息をつく暇もない。

力強い腰使いに身体は翻弄され、

「ひぁっ！　ひ、……ん。くっ、ぁ、あ」

リズミカルにえぐられて、喘ぐしかない。

田辺は驚くほどタフだった。射精を求める動きは、さっきまでの辱める動きとはまるで違う。

それが、なおさら大輔の屈辱を際立たせた。

女のように、自分の身体が、男のマスターベーションの道具にされている。愛も情もない。そんなもの、あればあるだけで気味が悪いが、とにかく。

これは、田辺の自慰だ。

犯されるということの本当の意味を思い知らされ、寸前で踏みとどまっていた奈落《ならく》へと落ちていく。自尊心をズタズタに切り裂かれる苦しみの最中へと引き戻され、田辺の身体を突き離そうとした。

伸ばした手は悦に入っている田辺に振り払われ、やわらかな枕へと押しつけるように拘束された。

「う、んっ。ん」

鼻から抜けるような声が出る。

まるでアダルトビデオの女優の声のようで、大輔は激しく自己嫌悪して髪を振り乱した。

いまさら逃れたかった。なのに、身体は、知ったばかりの快感を追っている。

めちゃくちゃに突き上げられ、田辺の引き締まった腹部にこすれた性器が、放っておかれたまま限界に張り詰めていた。

「……そろそろだ」

田辺が呻いた。

「やめっ……」

足をばたつかせて、大輔は拒んだ。

わかっていた。終わりが近いことは。

体内に押し込まれた田辺の肉が、また一段と膨らんでいる。欲望を吐き出そうとするイチモツに中から押し広げられ、嫌悪を感じながらも、苦しさと背中合わせの悦楽を貪《むさぼ》ってしまう。大輔は、視界の端に男の表情を見た。

自分を犯している男だ。同じ男である自分を夢中になって辱めている相手が、息を乱しながら舌なめずりをした。

次の瞬間だ。

「やっ、めろ……！　あ、あぁっ！」

中で弾けるのがわかった。

それと同時に、大輔の方も、ほのかなオーガスムスに揺さぶられる。身体は制御をなくし、激しく震えた。

「あ、あああ」

足のつま先が丸まるほどに緊張して、太ももがぴくぴくと痙攣《けいれん》する。

「……ごめん、中にいっぱい出ちゃった」

わざとふざけた言い方をして大輔を責めながら、田辺は手を伸ばした。

「……い、やだ……」

力なく振り払っても、勝てるはずはない。身体の中も外も、心でさえも、田辺に貪られた屈辱と快楽にどっぷりと浸り、もうすっかり溺《おぼ》れている。

先走りでテラテラと光る大輔を、田辺が手のひらで包んだ。根元から、力強くこすりあげる。

「あ。あ。あああぁ」

あっけなく、田辺と繋がったまま、大輔は思うような抵抗もできないでイかされた。

解放された白い体液は、激しく上下する大輔の胸に飛び散る。

「いたたた、ちぎれる、ちぎれる！」

パンパンと太ももを叩かれ、大きく息を吸い込んだ大輔は田辺を睨んだ。

「気持ちよかっただろ？」

顔をしかめたまま当たり前のように言われて、

「……気持ち悪い……」

早く抜けと視線で訴える。

「はいはい」

田辺はゆっくりと腰を引いた。ずるりと楔《くさび》の抜ける感覚に、大輔は表情を歪ませる。

「あー。パクパクに開いてるなぁ」

「ばっか、おまえ……」

恥ずかしい言葉に足をばたつかせた。

肩に決まりそうになったキックを捕まえ、田辺は大きく息を吐き出す。

「あっぶないな」

「見るなよっ！」

腕を蹴《け》り飛ばして、田辺の下から抜け出した。

「もう、終わったんだから、どけよ」

声が嗄《か》れている。

「三宅さ…」

呼び止める田辺を無視した大輔は、足を踏みおろした瞬間に崩れ落ちた。

「うわっ」

「ね？　腰が立たないかもって、言おうとしたんだけど」

「おっそいっつーの！」

両手をついた床に向かって怒鳴りつける。

田辺の笑い声が降ってきた。

「ほんっと、死ねよ！」

大輔は振り返らなかった。

こんなにまで犯されて、相手を見上げるなんて死んでも嫌だった。

＊＊＊

夕暮れが、街を染めていく。

東の空にはもう、紺色の夜が広がり始めていた。

くわえ煙草から落ちた灰が、屋上の風に吹かれながら地上へと舞い落ちる。古い雑居ビルの屋上は、周りをビルに囲まれていて、景色が悪い。

残り火が赤く燃えた。

鉄の柵《さく》にもたれながら、揉め事ばかりが山積みの街を眺める。

確かに、起こるはずだった事件をひとつ、未然に防ぐことができた。仲間からも先輩からも、上司からも、大手柄だと褒められた。でも、大輔はわかっている。

抗争を起こさない代わりに、大滝組は内部での粛清を行う。それが、田辺から得たネタだった。大輔の身体を対価にするには大きすぎるネタだ。

粛清が行われたら、組の内部構成がぐっと動く。そうすれば付属して、抗争とまではいかない小さなドンパチが起こる。予想の範疇《はんちゅう》だ。

結果的に、粛清を担う鉄砲玉を大輔たちマル暴が押さえた。始末されるはずだった幹部はその直後、不慮の事故に遭い、重体で病院入りしている。

予備の粛清プランが用意されていたのだろう。そして、そうなることが、田辺にとっては都合が良かったのだ。事故という名の示威行為で、ある一派を牽制《けんせい》した。その事故は、新聞記事にさえならなかった。

「それで、プラマイゼロってわけか」

煙草をふかして、大輔はひとりごちた。

結局は、もてあそばれたに過ぎない。身体を好きにされ、辱められた上に利用された。どちらが屈辱かを考えるのは億劫《おっくう》だ。

仕事上の手柄をあげたところで、失ったものは小さくない。それでも、確かな評価が大輔には与えられた。

こうやって汚れていくんだろうかと、柄でもないことを考えて、大輔は笑った。

苦笑いを奥歯で噛み砕きながら、靴裏で煙草を揉み消す。

視界の端に、コンクリートを鳴らす革靴を見て、大輔は顔をあげた。

ピカピカに磨かれたブランドシューズ。身にまとっているスーツもパリッとした高級品だ。タイトなラインが、洒落《しゃれ》ていた。

「お手柄だっただろう？　褒められたか？」

胸ポケットに入っていた煙草ケースから一本取り出し、商売道具のくちびるにくわえる。

嘘ばかりを垂れ流す、詐欺師のくちびるだ。

そして、ソフトにセットした髪。誠実そうな眼鏡。大輔からすれば胡散臭《うさんくさ》すぎる格好なのに、騙される人間は後を絶たない。

「褒められるかよ」

唾《つば》を吐くように悪態をついて、大輔は鉄柵に背中と腕を預けて反り返った。

「じゃあ、俺が褒めてやるよ」

近づいてきた田辺は、指に挟んだ煙草を示した。

大輔は仕方がなく、片手でポケットを探り、使い捨てライターの火をともす。

「おまえにだけは褒められたくない」

「つれないんだな」

手で囲いをつくって煙草に火をつけた田辺が、一歩踏み込んでくる。

戸惑いを微塵《みじん》も見せずに、大輔は相手の目を真正面から覗き込んだ。

「大滝組の派閥構成を変えるつもりか」

「そんな重要なこと、身体の関係があっても、ぺらぺら話すと思うか」

田辺はにやりと笑う。真実を見せない瞳だ。嘘ばかりが並んでいる。

「ベッドの中でならともかく」

煙草臭い指であごを掴まれても、喫煙者である大輔にはまったく気にならない。

「おまえにうまく使われるのは、もうゴメンなんだよ」

「気持ちよかっただろ？」

「そっちの話じゃない！」

「どっちも一緒だよ」

かすめ取るようにくちびるが近づき、大輔はすっと顔を背けた。

「キスは嫌だなんて、純情だな」

田辺の言葉に、大輔はげんなりと眉をひそめた。

「ばかばかしい」

「奥さんに操立てしてるとか？」

にやにやと嫌な笑い方をする田辺の指が、あごのラインを意味ありげになぞる。

大輔は苦々しく笑った。

「知ってんだろ」

「何が」

空とぼけた答えは、肯定にしかならない。

犯された自分を妻に見られたくないのは、相手にショックを与えたくないからじゃない。もう愛情の冷めきった相手に、いまさら嘲笑されたくないからだ。夫婦の絆《きずな》なんて、もろい糸くずに過ぎない。吹けば風に飛ぶ。

それぐらい田辺なら調べはつけているはずだ。そうやって外堀が埋まったのを見て、追い込まれた大輔をいたぶりたいのだろう。

「先輩にさ」

執拗《しつよう》に肌を愛撫してくる指に耐えかねて、大輔は手首を掴んで言った。

「ヤクザに飼われるなよ、って言われた」

「そんなマル暴は山ほどいるからな。それが俺たちと、あんたたちの関係だよ。交じり合わなきゃ生き残れない。そうだろう？」

「俺に分が悪いんだよ」

視線をはずし、乾いたコンクリートを見下ろした。大輔は、おもむろに腕を伸ばして、田辺の首を引き寄せた。勢いに任せて、くちびるに噛みつく。

顔をしかめた田辺は不意打ちにも声ひとつ漏らさない。抑えた笑い声をこぼすくちびるに、血がじわりと滲む。

「かわいいこと、するんだな」

「望み通り、キスしてやったんだよ。おまえだって、大滝組のインテリヤクザがマル暴相手にトチ狂ってるなんて噂、たてられたくないだろ」

「それぐらい惚れさせてくれれば、少しは楽しくなるな。俺の人生も」

「おまえみたいな社会のクズの娯楽になるなんて、ごめんだね」

「じゃあ、俺が飼われてやろうか」

くわえ煙草をコンクリートに投げ捨てて、田辺が腕を伸ばした。

振り払う暇がなかった。二の腕を摑まれ、顔を覗き込まれた瞬間、大輔の膝の間に、田辺の膝が割り込んだ。

首筋をきつく吸い上げられ、大輔は痛みに顔を歪める。

「押し売りかよ」

股間を摑まれて、身動きが封じられる。

「落ちてこいとは言わないさ。気持ちよくなってればいい」

「頭、おかしいんだろ」

「あんたが、良すぎるんだよ」

「触るな」

「もう、反応してるのに？」

「単なる反応だ」

「俺は嫌がるあんたに反応してる」

田辺が腰をこすりつけてくる。ゴリゴリとした感触に顔を歪めた大輔は、相手を喜ばせるのが癪に障って、無表情を決め込んだ。

無遠慮にスラックスのファスナーを下ろそうとする指を止める。

「汚れるだろ」

「じゃあ、場所を変えるか」

「ふざけんな。ばぁか」

「あんなに俺の腕でよがってただろ？　忘れてないよ」

指が絡んでくる。

「おぼえてない」

肩を押し返して、大輔は逃げ出した。

一瞬、ぞくりとした感触が背中に走ったことは、気のせいだと思いたかった。

「また舐めてしゃぶってやるよ。……最後に中でいかせてくれたら、それでいい」

大輔は油断した。

離れようとした腕を摑まれたと同時に背中へとひねりあげられ、身体が反転した。

柵に身体を押しつけられ、背中から伸びた手に手荒くスラックスを下ろされる。

「汚れるって言ってんだろ！」

「服ぐらい、いくらでも買ってやるよ」

「俺は、おまえの女じゃねぇっつうの！」

叫んだ。みっともないと思っても、舐めしゃぶられた感触を思い出して、股間が硬くなる。正気に戻るには、叫ぶぐらいしか考えつかなかった。

だが、下半身は大輔を簡単に裏切る。下着の上から揉みしだかれ、あっけなく勃起する。大輔は反応を隠そうとして、その場に膝を折った。

「やめろ、……こんなとこで」

「だから、俺は場所を変えようって言ったのに。聞かなかったのはあんただろ？　ほら、もうこんなになって……抜けば収まりつくだろ」

同じように膝をついた田辺の指が、大輔の足の間へと伸びる。

「田辺っ……！」

「んん？」

田辺の骨ばった、だが太くなめらかな指は、大輔の屹立を包み込んで器用にうごめいた。先端を揉まれ、指で作った輪でしごかれる。ごつごつとした関節がこすれるたびに、腰にジンジンと痺れが募り、大輔はたまらずに柵へと両手をすがらせた。

「やめろ……っ」

「悦いのに？」

「よ、くないっ」

「こんなに硬くなってるし、先端もパンパンに膨らんでる。あぁ、先走りで濡れてきた」

「そういうこと言ってて、たの、しいのか、よっ……！」

「楽しいよ」

　手の動きを止めず、田辺が笑う。

「すごく、楽しい。いやらしいこと言えばさ、あんたのうなじが赤くなるんだよ。たまらなく、興奮する」

「うっ、ぁ！」

　髪の生え際を不意打ちに吸われて、大輔は叫び声を噛み殺した。握られたものがビクビクと震えた。

　大輔は快楽の淵《ふち》に追い詰められていく。

　男同士だからといって、女とやるより気持ちよくなるとは限らない。男だって、感じる場所はそれぞれだ。でも、田辺の手は大輔を感じさせる。

　一度覚えたスポットを忘れないかのように、動きも、早さも、場所も、的確だった。

「う、んん……」

　両手で掴んだ柵へ頭を押しつけた大輔は、折れそうになる心で抵抗しようと試みる。

　教え込まれた快楽の甘さがこわい。

　頭の中で誰かが、どうせ男同士だ、遊びなんだとささやいてくる。

　だから、感じても、求めても、間違いじゃないなんて、そんな都合のいい言い訳があるだろうか。

「ふっ、ぅ……」

田辺の指に、シャツの上から乳首をぎゅっと摘まれて、大輔は痛みで呻いた。

「ランニングシャツとか、着るなよな……。オヤジかよ、萎えるし」

「前だって、着てたよ！　……う、くっ」

「痛い？　ここを。ほら、ぎゅーってしたら、下が跳ねてるよ」

いやらしい声に耳をねぶられ、大輔は身体中を恥辱で震わせながら、声をひそめたまま叫んだ。

「ヘンタイ！　チカン！　ホモ野郎！」

「あいっかわらず、ボキャブラリーが乏しいなぁ」

笑うたびに息が首筋をくすぐり、尻もちをついた大輔は同じ言葉をもう一度繰り返して足をばたつかせた。

「くっそ！　もっと、しごけよ。さっさと終わってやる……！」

やけになるしかない。

目を閉じても女だとは到底思えない田辺の手に、身体は心を裏切り、すべてをゆだねようとする。強めに握られ、先端に向かってリズミカルにしごかれた。絶頂はあっけないほどたやすく落ちてくる。

「う、ぁ……いくっ」

大輔は柵を握り直して、目を見開いた。

屈辱の中で射精すると、目の前は真っ白になる。

後悔は怒濤《どとう》の勢いで押し寄せてきて、自己嫌悪に涙ぐみそうになったが、乱れた息を整える間に引いていく。

「さぁ、行くか」

田辺が言った。濡れた手のひらを拭いたハンカチが、ひらりと大輔の目の前に落ちる。

「はぁ？」

大輔はそれで自分の始末をつけながら、眉をひそめて顔をあげる。

隣にしゃがみこんだ田辺と視線が合う。

「あんただけ満足して終わりってわけにはいかないだろ。イかせてくれよ、あんたのあったかいところでさ」

「ふざけんな」

ザーメンのべっとりついたハンカチを、田辺の胸元へめがけて投げ返す。

「人生なんてものは、ふざけてなきゃやってらんないだろ。あんたは俺の最高の遊び相手だ。今日は、やる前にシャワー浴びさせてやるからさ」

大輔が嫌がるとわかっていて、田辺は「なっ？」と顔を覗き込んだ。

「言い訳が欲しいなら今日も並べ立ててやるよ。奥さんのネタでも、抗争のネタでも、あんたが足を開いてでも欲しがるネタならいくらでもある。嬉しいだろ？　気持ちよくなってるだけでお手柄なんだからな」

「田辺、てめぇな！」

「それとも、スキって言ってやろうか？」

「気持ち悪いんだよ」

「だろ？」

田辺は肩を揺らして笑った。腕を引かれる。

「言わないでいてやるから、来い」

大輔は無意識に空を仰いだ。

いつのまにか、空には暗く濁った雲が広がっていた。


雨はまもなくして降り出した。

「ふっ、う……」

「ほら、もっとケツを突き出して」

「死ね、おまえ。シネシネシネ」

大輔はうなるように繰り返した。

外の雨音は、床に打ちつけるシャワーの音にかき消されなくても、聞こえないだろう。

車でチェックインできるコテージ型のラブホテルに連れ込まれた大輔は、服のまま風呂《ふろ》場《ば》で水浸しにされた。

シャツはそのままに、スラックスと下着だけを剝がれて丸出しになった下半身を、田辺は遠慮なしに引き寄せる。

ゴリゴリに勃起したシンボルが、大輔の硬い肉づきのスリットに押し当たった。

「減らず口だな」

「うるせぇ」

「ココまで来て、虚勢張っても意味ないだろ。気持ちよくなりたくて来たんだろ？」

ジャケットだけは脱ぎ捨てた田辺も、他はずぶ濡れだ。

「素直にしてりゃ、悪いようにはしないのにな」

「嘘つけよ！　こんな、ことして！」

大輔はくちびるを噛んだ。

「このまま、俺のを押し込んでもいいだぜ？　うん？　ぎっちり入ってるアナルバイブがどれぐらい奥を突くんだろうな」

一瞬、身を硬くした大輔は、密着した腰に押されて、濡れた壁に上半身をすがらせた。

「抜けよ！」

球体の連なったバイブは、先端から順にサイズが大きくなっている。拒む間もなく押し込まれたオモチャだ。

田辺がおもむろにスイッチを入れた。

敏感な内臓をぐりぐりと掻きまぜられて、大輔は髪を激しく振った。小さく、拒絶の声をあげ続ける。

「……ひっ！」

「や、め……。う、ふぅっ、う、う……やめろ……」

「気持ちいいか？　あんたの腹の中で、バイブがぐるんぐるん回ってるだろ？　抜きたきゃ、抜けよ。自分で」

「……おまっ。う、んん……うっ、はぁ」

バイブは、まるでサイズを測ったかのように大輔の前立腺《ぜんりつせん》を刺激している。

異物挿入で萎えていた息子が、ピクリと反応したかと思うと、むくむくと大きくなる。

「抜いて欲しいなら、お願いしてみろよ」

「……うぅ。……んくっ。う、はぁっ……」

田辺はぐいっとバイブを押し込んだ。モーターの音がシャワーの水音と交じり合う。

「たなっ、べ……」

「なに？」

「抜いて、くれ。い、いやだ……」

言った先から、大輔は後悔した。けっして相手には見せない表情は、泣き出しそうに歪む。


性具は容赦のない無機質な動きで大輔の内壁を繰り返し刺激する。

快楽をもたらすほどの柔軟性もなく、単に恐怖を植えつけているだけだ。

「弱いなぁ」

田辺も気がついたのか、あっさりと引き抜きにかかった。

「で、電源ッ……」

そのまま抜かれる感触に、大輔は思わず振り返った。

目元が濡れているのは水しぶきだが、赤く潤んでいる瞳の理由は説明に難しい。

田辺は舌なめずりしそうな顔で、大輔の腰を撫でた。

「いい顔だ」

声に興奮が滲んでいる。田辺の欲情を知って、大輔はぞくりと震えた。

恐怖や怯えではない。もっと爛《ただ》れた欲望のせいだった。

「うん……ふ」

電源を切ったバイブがずるりと抜き出され、

「入り口がパクパクしてるな」

ひだをなぞりながら、指を差し込まれる。

「いいキツさだ。これじゃあ、バイブは苦しかっただろ」

言いながら、大輔の片膝を浴槽の端に預けさせた。

「本当なら、もう少しバイブで遊んで、おしゃぶりでも仕込みたかったとこだけど、たまんないな。そんな顔されちゃ」

ゆっくりと自身を押し込んだ。

「ん……！」

バイブで慣らされても、太さは比じゃない。

押し広げられ、圧迫される感覚に大輔は声をこらえ、次に喘いだ。

「ぅ、はぁっ……」

雨よりも激しいシャワーの音に、熱っぽく潤んだ声はかき消され、水流が足元を濡らしていく。

「く……ぁ……は、ぁ、ぁ」

ずくりずくりと差し込まれて、壁に押し当てた腕の間に顔を伏せた。

感じまいとすればするほど、こみあげてくるものがある。

「よっぽど欲しかったんだな。食らいついてくる。こすれて、イイよ……」

田辺の手は遠慮なく、大輔の臀部の肉を揉みしだく。まるで女の胸を揉むように丁寧に、そして乱暴に左右に開かれる。

「ん、っあ。ばっかやろ……。俺はぜったいに、おまえのイヌになんかならないからなっ」

「こんなに感じてるのに」

「うっ、ん！」

濡れたシャツの上から乳首を摘まれ、大輔は勢いに任せて額を壁に打ちつける。

田辺はさらに下半身へと手を伸ばし、乳首と性器とアナルの三点責めを始めた。

「あはぁっ……、ん、ん。……もうっ、やめっ……！」

「イヌになれなんて言ってないだろ。持ちつ持たれつだ」

「ふっざけんな……！」

「まぁ、俺が食わしてやってもいいけどね。……って、締めすぎ……。ほんっと、きっつい」

「そんな、しごくなっ。う、はぁっ…ぁ…」

大輔の腰が、びくりとわなないた。

「もしかしなくても、今、ちょっとイッただろ？」

「っるさい！　悪いか！」

大輔は、はぁはぁと乱れた息を繰り返し、

「これからは、おまえが俺に払えよ」

苦し紛れに言った。

今までは、大輔が金で情報を買っていたが、これからは反対だ。

「……負けず嫌いだな」

田辺は根元まで押し込んだまま、円を描くように腰を回した。

「いっ……んく……ハッ、あッ」

タガがはずれるのを、大輔は感じた。

もうこれ以上の虚勢は無理だ。自分はもうとっくに落ちていたのだと、気がつく。

忘れたつもりになっても、この快感は身体が覚えている。もう後戻りはできない。

何もかもが押し流され、ひとつ残らず大輔の手のひらから滑り落ちていく。

刑事のモラルも、妻からの信頼も。

そしてわずかに残っていた妻への愛さえ、もうとっくに手の中から消え失せている。

初めからあったのかと、自分に問いかける。答えは返らない。自分に残されたものを必死にもがいて探すと、残っているのは、やはり仕事へのプライド。ただそれだけだ。

「だか、せて……やる……」

何度も何度も突き上げられ、大輔の膝ががくがくと揺れた。

快楽が快楽を呼び、屈辱と恥辱がごちゃ混ぜになって大輔の理性を削り落としてしまう。

初めから間違っていたのだと、大輔は繰り返した。現れては消える妻の面影は確かな映像にはならなかった。好きで結婚した。それなのに、自分が本当に愛していたのは、自分自身と仕事だ。

「はぁっ、はぁっ……あぁ、……んっ……ふぅっ……」

見事に心が快楽に裏切られる。理屈は何もない。

ただ、セックスが単純に気持ちいい。

田辺との関係は、それだけだ。なのに、思い出そうとする妻の面影が押し流され、自分を抱いて興奮する田辺の顔になる。

大輔は繋がったままで、浴室の床に崩れ落ちた。一緒になって田辺も膝を折る。

四つん這いになった腰にのしかかられ、大輔は肘から先を床について身体を支えた。

カリの引っかかりまで引き抜いては、根元まで押し込まれ、ずんっずんっと突いてくるリズムに大輔は翻弄される。

正直に、気持ちがいい。

後ろから掘られ、前をしごかれ、女のように細い声がくちびるから出ていく。

「あっ、あっ、あっん……ふぁ、あ。あぁ」

腰を掴む田辺の指が肌に食い込む。興奮しているのだろう。動きが大きく激しく、身勝手になっていく。

自分の声を恥ずかしがる余裕は、もうなかった。ただ激しさに追い立てられて、犯されながら欲望に溺れていく。大輔は波にさらわれ、髪を乱して喘いだ。

息が苦しい。

その苦しさが、快楽を呼び込むようだ。

追い立てる田辺も、息を乱して言葉少なくなる。

濡れたシャツを上半身に残して下半身を剝き出しにした大輔に、欲望の切っ先を押し込む田辺は部分だけをさらしたままだ。

折り重なった二人は、恥ずかしげもなく深く結合して、床を流れる水に膝を濡らした。

「……っ、はぁ。ん！　ん！　も、……イけ、よ」

身体を激しく揺らされながら、大輔は強い口調で言った。

「よくない？　このまま……、ずっと繫がってたいぐらい、気持ちいいのに」

田辺の声が甘く濡れている。

「おれっは、おまえの……オナニー道具じゃ、ねぇ……」

「気持ちよく、してるだろ？」

「うっ、はぁ！　あ、あぁ……」

リズムが崩れた。

斜め下から息をつく間もないほど突き上げられ、大輔はたまらずに床を叩いた。

「やめっ……！　も、……おまっ！　いたい、んだよ。こし、壊れ、る……ぁ」

今度は腰を高く上げたまま責められ、無理な姿勢に身体が軋む。

「あぁ……わかった」

田辺が、大輔の片腕を摑んだ。後ろへと引っ張られる。

「あっ……は、ぁぁん」

肌と肌が当たって、パンパンとリズミカルな音が浴室に響いた。

いっそう硬さと質量を増した田辺を感じて、大輔は弾ける熱を予想した。

「なかっ……やめっ……！」

もがいて、腕を振りほどく。四つ這いで逃れようとした腰ががっちりと摑まれる。

今までの動きとは比べものにならない短いスパンのピストンで田辺が動いた。

燃えるように熱くなる腰に、大輔は声も出せずに髪を振り乱す。快感が、ほどよい気持ちよさを通り越した瞬間だ。

息が止まり、身体中の毛穴がぶわっと開いたと思った瞬間、奥深くまで差し込まれた田辺が弾けた。

腰を抱き寄せられ、

「う、はぁ……あぁ」

射精の解放感に声をあげる田辺が震えた。大輔は身体をこわばらせる。

「ひぃ、ぁ……！」

びゅるっと押し出された熱が内壁を打つ。そして、精液が注ぎ込まれる。

「あ、ぁ」

最後まで出し切るための前後運動に揺すりあげられた。

田辺をくわえ込んだ内壁が、抵抗しようとして、なおも相手を締めあげる。

苦しげに田辺が呻き、大輔は自分を裏切る身体の屈辱に身をよじった。さらに裏切られ、心とは裏腹に、よがるような声が漏れる。

自分の出した声に驚いた背筋がびくっと跳ね、察した田辺に股間を握られてしごかれてしまう。大輔はあっけなく達した。

「うぅ、……はぁ……ん！」

床に精液が飛び散った。

犬のように這いつくばって射精した大輔はくちびるを噛み、屈辱と快楽のはざまで動揺する。そんな大輔の気持ちを知ってか知らずか、身体を離した田辺は指を二本押し込んで、中でぐるりと回し、内壁を掻いた。

「ひぁ！　なに……っ」

「出してんだよ」

「やめっ、…いらなっ」

大輔は拒んだ。その手を振り払い、

「なに？　俺のザーメン飲んで、妊娠したいの？」

執拗に内部が刺激される。大輔の腰がふるふると小刻みに揺れた。

「ざっけんな……」

ばたつかせた足が田辺の腹部にヒットした。

這い出すように逃げた内太ももに、白濁した体液がとろりとつたい流れる。

「出しとかなきゃ、あんたの腹ん中、俺のでいっぱいになるけど？」

「……まだヤる気か！」

「あったりまえだろ」

「膝は痛いし、腰は痛いし、……無理！」

「そこかよ……」

苦笑した田辺は、額に当てていた手のひらを差し出した。

「じゃあ、ベッドへ運んでやるよ。いちゃいちゃしながら、気持ちのいいところ、探してやる」

「おまえ、頭、イカれてんだろ」

大輔はぽかんと口を開いた。

「何考えてんの」

「あんたとヤることだけ。よがってる声、すごくキたよ。かわいいな」

腕をぐいっと引かれ、大輔は抵抗する間もなく田辺の胸に抱きこまれた。抗《あらが》って顔をあげた隙をついて、くちびるが奪われる。

「ふっ、……ん！」

やわらかく嚙まれ、吸われる。舌にくちびるをなぶられた。

「奥さんと別れるなら、浮気の現場、押さえてやるよ」

「……え」

耳の裏を指で愛撫されながら、大輔は目を見開いた。

「知らなかったのか。……これだから、デカは、な……」

田辺の声は、大輔に対する呆《あき》れよりも、妻に対する同情が勝っていた。

「してるよ。本気の浮気。相手も押さえてある。あんたが望むなら、好きなようにしてやるよ」

「……なんで」

「ばっかだなぁ。そのバカ正直なところがなぁ」

笑いながら、大輔の濡れたシャツのボタンをはずしていく。

「あんたを傷つける人間は、いなくなればいい」

「田辺……」

「俺のものになれ、なんて、言わない」

繰り返されるキスが甘い。

大輔は恐怖で表情を引きつらせた。田辺はなおも話し続ける。

「だけど、俺はもう、あんたのものだな」

田辺の言葉は、大輔の胸にぽっかり空いていた孤独のひび割れを埋めていってしまう。

大輔は無意識に怯えた。身体中が拒否反応を示す。

キスを、甘いと感じてしまう自分がいる。それはセックスを気持ちいいと思うよりも大変なことだ。

田辺の胸をとっさに突き飛ばすと、腕を強く引き寄せられた。

何度も繰り返した末に、襟足を鷲掴《わしづか》みされる。噛みつくような激しいディープキスに大輔は喘いだ。下半身がすぐに反応する。

それを田辺はからかわなかった。

一日に三度も勃起するなんて何年ぶりだろうかと、大輔は他人事《ひとごと》のように遠い気持ちで考える。そして、田辺の下腹部に手を伸ばした。

男は、勃起している。

目が合った。

そらせなくなり、視線が絡む。大輔は自分から目を閉じた。

キスは、まぶたへと、静かに落ちた。

baby step

手にした書類を、リビングのテーブルへ投げ置く。田辺《たなべ》は、煙草《たばこ》に手を伸ばした。火をつけず、くちびるで挟んだままソファへもたれる。

読んでいたのは、人を使って調べさせた、三宅大輔《みやけだいすけ》と妻についての報告書だ。二人が結婚するまでのいきさつ、結婚生活。そして、妻の浮気の詳細。相手のことも書いてある。裏が取れているものもあれば、第三者からの伝聞も混じっていた。

煙草を吸わずにテーブルへ投げ、田辺はキッチンへ入る。冷蔵庫から缶ビールを取り出した。

プルトップを押し上げ、閉じた冷蔵庫の扉にもたれる。飲み口にくちびるを押しつけた。身体《からだ》にぶるっと震えが来て、無意識に奥歯を噛《か》む。

田辺が思い出したのは、兄貴分の視線だった。

ひどく不機嫌で、ひどく冷たい目だ。いたたまれない気分になり、靴下を履いた足で床を蹴《け》る。ビールを喉《のど》へ流し込み、記憶と対峙《たいじ》するように、ぎゅっと眉根《まゆね》を引き絞った。

「カメラが壊れていたと、そういうわけか」

岩下《いわした》の声はフラットだった。抑揚もなければ、感情もない。

部屋の隅に控えていた岡村《おかむら》がびくっと肩を揺らした。田辺にとっては同僚だ。ほぼ同じ時期に岩下に拾われ、岡村はヤクザの慣習に則《のっと》って直系大滝《おおたき》組の部屋住みとなった。一方、すでに小銭を稼いでいた田辺は一人前と認められ、そのまま舎弟分の扱いをされた。

「すみません。確認はしたんですが……。撮れていたのは、初めの部分だけで」

「岡村ぁ。あの部屋の管理は、どこの誰《だれ》だ」

振り返りもしない岩下の問いに、岡村は沈んだ声で答えた。視線は田辺を責めている。

それを無視した田辺は、何食わぬ顔で岩下を見た。

部屋を管理する男には金を握らせてある。組と関係しているが、限りなくカタギに近い管理会社の人間だから、岩下もそう簡単には手を出せない。

でも、絶対ではなかった。岩下がその気になれば、映像のほとんどを削らせた上に、その後でカメラに細工したこともバレる。

相手の名前を聞いた岩下は小さく舌打ちをした。田辺が持ち込んだ映像を、モニターで流すようにと岡村へ指示を出す。ここは岩下が経営するデートクラブの接客室だ。ベッドは続き間に置かれていて、リビングエリアにはテレビやミニバーが設《しつら》えてある。まるでマンションかホテルの一室だ。

映像はすぐに液晶画面へ映し出された。

そもそもアングルは良くない。ベッドに横たわる大輔のズボンを剝《は》ぎ、黙々と下準備をする自分自身が映っている。気乗りしない背中を見て、岩下が笑った。

「クスリは効いたみたいだな」

「五分ほどでしたが、言われた通り、ゆっくりと眠気に襲われたようです。そのときの記憶はありませんでした」

「目が覚めるまで映ってるのか」

「そこまでは、あります」

「……まぁ、合格ってところにしてやるよ」

冷たく言った岩下は、画面へ視線を戻す。

誰でもいいから男を抱いてこいと言われたのは二週間ほど前だった。一緒に渡されたのは睡眠薬で、その効果も確認してくるように命じられた。

どちらが本題だったのかはわからない。

田辺に無理を押しつけ、ノンケが男を犯すさまを薄ら笑いで見物したかったのも確かだろう。岩下はヤクザだ。普通の感覚は金庫にしまいこみ、カギをかけている。

「ありがとうございます」

素直に頭を下げたが、映像は流されたままだ。岩下が小首を傾《かし》げた。

「で、この男はどうするつもりだ」

「マル暴へのパイプとして押さえている相手ですから、このまま仕込んでいきます」

「セックスを、か」

女衒《ぜげん》としてのし上がった男は、ほくそ笑んでも色気がある。ぞくっとするほどの色悪な表情を見せ、性的なくちびるを親指でなぞった。

「素質はないようなので、別の弱みを押さえます。既婚者なので……」

「いざとなれば、そっちをどうとでもしてやれよ。なぁ、岡村」

手伝ってやれと言わんばかりに名前を呼ばれ、朴訥《ぼくとつ》とした男は腰を折る。

「必要ありません」

田辺ははっきり答えた。女の抱き比べをして負けたこともある相手だが、それは条件が悪かっただけのことだと、今でも思っている。三回勝負だったなら、自分が勝ったはずだ。でも、実力主義の岩下は、一発勝負に強い岡村の方をカバン持ちに選んだ。

もちろん、当人の資質もある。すでにシノギを上げている田辺は、カバン持ちにはなれない。それでも、岡村の方が岩下と近い立場になったのは事実だ。明言されない優越は決められた。今後、覆ることがあるとすれば、より岩下の望む成果を上げて信頼を得るしかない。

だから、男を抱けと言われれば従うし、当日中に百万単位の金を用意しろと言われても断らない。女を質に入れても、借金をしてでも、兄貴分の要求に応《こた》えるのが舎弟の務めだ。そうしてやっと地位が与えられ、自分の暮らしが立てられる。

「マル暴の若手を選ぶってのは気が利いてたな」

ふっと笑みをこぼし、岩下は人差し指と中指を揃《そろ》えた。合図を察知した岡村が機敏に動き、煙草を挟んですぐにライターを取り出す。一連の動きには隙《すき》ひとつなく、見ていて美しいと思えるほど堂に入っている。

これを身につけるために、どれほどの練習を繰り返したのか。田辺は知っている。特訓で、岩下役をしたからだ。ネクタイを結ぶ練習から車のドアの扱い方まで、岡村は徹底的に身につけた。その極めつけが、けっして目立たず、愚鈍な振りをして部屋の隅に控えることだ。

それが仕事だとしても、田辺には真似《まね》できない努力だった。個性の違いだとは認識している。田辺の方は、格好をつけて派手に振る舞うことが金に繋《つな》がるし、それが仕事だ。

岩下自身も金回りはいいが、出どころがいつも同じでは各所に目をつけられる。急な出金に対応できる財布役として、田辺は重宝されていた。

おかげで、組関係の雑務からは距離を置くように言われ、かなり自由に動くことができている。

「この男、仕込めばモノになるだろう」

ふいに岩下が言った。映像の中の大輔は、田辺の指で馴《な》らされ、今まさにバックバージンを失おうとしている。

「……足を踏み外したら、お任せします」

田辺は淡々と答えた。岩下をじっと見つめ、いつもと同じように視線を向ける。

だが、相手は違った。くだらないものを見たように画面から顔を背け、ゆっくりと振り向く。眼鏡《めがね》越しの瞳《ひとみ》が微笑《ほほえ》んでいた。それは見た目のしなやかさとかけ離れ、田辺に恐怖を植えつける。

優しければ優しいほど、邪悪なことを考えるのが岩下だ。臆《おく》する気持ちを隠すと、いっそう温かい目を向けられた。

「何度か抱いておけよ。あとがおもしろそうだ」

どんなことを考えているのか、田辺には、想像もつかない。ただ漠然と恐ろしい。

それは壁際に戻った岡村も同じなのだろう。無表情を決め込んではいたが、鬱々《うつうつ》とした表情が同情を滲《にじ》ませていた。

岡村の同情が、大輔に対するものだったのか、それとも田辺に対するものだったのか。

聞けないまま時間だけが過ぎた。

自分に対する可能性もあると思ったのが、田辺自身、違和感だったからだ。

モノになると、岩下は言った。大輔を抱いて仕込めば、あのデートクラブで商品として出せるということだ。もしくは、裏のセックスショーの見世物にできる。

どちらを想像しても、反吐《へど》が出る。ビールをいっそう喉へと流し込み、空になった缶を握り潰《つぶ》してシンクへ投げ入れた。冷蔵庫からもう一本取り出して、即座に飲む。

大輔はモノにならない。

そう心の中で繰り返す。

あの男は、セックスの餌食《えじき》になんてならない。

心の中で岩下へたてつき、田辺はシンクの端を片手で摑《つか》んだ。

大輔の妻が浮気をしていると知ったとき、心の底からホッとした。それと同時に、信頼を裏切られた大輔を案じた。

形だけの夫婦なら安心できる。でも、大輔が傷つくのは……。

重い息を吐いて、くちびるを噛みしめた。

岩下はすべて見透かしているかもしれない。映像の後半がないにもかかわらず、やり直しは要求されなかった。そして、あの微笑みだ。

あとがおもしろそうだと言ったのが田辺に対してだったなら、岡村の同情も田辺へ向けられたものだ。

「なんで、だよ」

出した声は、驚くほど、震えてかすれた。

諸悪の根源を思い出し、田辺はずるずるとしゃがみこむ。

そもそもの話だ。男を抱け、映像に残してこい。そう言われた発端は、岩下のさらに上にいる男たちが不満を漏らしたからだった。

「関係ないだろ」

悪態をついてシンクの下の扉を叩《たた》く。

田辺がからかっていたチンピラ。その男が原因だ。いつか抱いてやろうと思っていたが、今はそんな気にもならない。顔がきれいだからといって、あんなに虫がついている男はこちらから願い下げだ。

ちょっとかじっても、大騒動になる。

田辺はため息をついて、扉に額を押し当てた。

あの男に近づかなければ、こんなことにはならなかったと、胸に湧《わ》き起こる後悔が苦く滲んで大輔の顔になる。

強がっているのに、それに気づかないで虚勢を張る人間に弱いのだ。

そんなに肩に力が入っていては、どうにもならないと助言したい一方で、からかっていじめてみたくもなる。でも、大輔は違う。ほんのわずかに、かわいそうに思えた。

それが同情に過ぎないなら、どんなにいいだろうか。

田辺は目を閉じて、深い息を吐き出す。

強がっていることにも気づかずに、男として認められるためだけに必死で働く大輔が脳裏に浮かぶ。そのままでいさせてやりたかった。虚勢を張ったまま、男の意地を貫かせてやりたい。

だけど、そこに家族を並べて欲しくもない。

結婚することで、世間への義務は果たしたはずだ。それなら、もう、別れて欲しい。

それ以上を考えずに、田辺は扉に額を打ちつける。

岩下はわかっている。カッコをつけて、うまく立ち回ってきた田辺が、思いもよらない罠《わな》に落ちていくのを、面白半分に眺めているのだ。

この感情を断ち切って、大輔を昏《くら》い淀《よど》みへ引きずり落としたら、岩下は両手を叩いて称賛してくれるだろう。そして、血みどろに傷つく二人を艶然《えんぜん》と見下ろすに違いない。

「恋なんて……」

してはいけない。岩下の舎弟ならみんな知っていることだ。

だけどもう、戻れない。

田辺はもう一度、強く額をぶつけた。

刑事に甘やかしの邪恋

署内にある狭い喫煙ルームには白いもやが漂っている。いつも誰《だれ》かしらがいて、ときにはすし詰め状態にもなる小部屋だ。二台置かれている空気清浄機が、フル稼働でどんなに頑張っても成果は知れていた。

漫然と混じり合っている様々な銘柄の残り香は、喫煙者でさえ眉《まゆ》をひそめるほど強烈だ。先輩刑事である西島《にしじま》の『エコー』が、癖のある匂《にお》いで割り込んでくれば、なおさらだった。

それでも、自分の煙草《たばこ》に火をつければ、次第に気にならなくなる。その不思議な感覚にも、もう慣れた。

日常と呼ぶのにふさわしい感覚の中で、三宅大輔《みやけだいすけ》は学生の頃から吸い続けている『ラッキーストライク』の煙を吐く。

「大滝《おおたき》組のな、伊達《だて》男いるだろ」

二人きりになったのを見計らって、西島が話しかけてくる。

「岩下《いわした》ですか」

大輔は素早く切り返した。県警の刑事部組織犯罪対策本部暴力団対策課の刑事になって三年。管轄の暴力団なら、主要人物や組織図の基本情報ぐらい頭に入っている。

関東一帯を広く傘下に収めている広域指定暴力団の大滝組。その大組織の中核が、直系本家大滝組だ。

西島の言った岩下周平《しゅうへい》は、女衒《ぜげん》をシノギにのし上がり、去年の人事で異例の大抜擢を受けた。兄貴分の岡崎《おかざき》が大滝組の若頭に決まり、直系本家の若頭補佐に引き上げられたのだ。荒れると思われた就任式には、かなりの数の警察官が警戒に駆り出された。

だが、当日も、その前も後も、横浜の街はいたって静かなままで、大輔たちマル暴の刑事はずいぶんと肩透かしを食らった。

「何かやったんですか」

眼鏡《めがね》と三つ揃《ぞろ》えがトレードマークの色男を漠然と思い出す。怜悧《れいり》な印象はインテリヤクザそのものだが、身のこなしが洗練されていて、そうだと言われなければ、ぎりぎりカタギに見える。

大輔はまだ、面と向かって会ったことがない。

「やってくれれば楽なんだけどな」

苦虫を嚙《か》み潰《つぶ》したような表情で呻《うめ》く西島も同じはずだ。

「おまえのさ、情報源。田辺《たなべ》だっけか？　あれの兄貴分だろ。なんとかして繫《つな》いでこい」

「えっ……。マジっすか」

「……ふざけてんのか。自分の仕事をなんだと思ってんだ。ヤクザ探らねぇで、何やるつもりだ」

「いや、まぁ、そうですけど」

岩下が無名だった頃から繋ぎを取っていた刑事が過去にはいた。だが、岩下が若頭補佐に就任するのと前後して、不祥事の発覚で懲戒免職になってしまったのだ。

熟練のマル暴刑事だったのに、岩下からかなりの接待を受けていたらしく、用なしと見られて切られたというのがもっぱらの噂《うわさ》だ。それからというもの、岩下の動向は加速度的に掴《つか》みにくくなっている。

「俺、ですか」

「なんだよ。心配か？　ケツに卵の殻をくっつけたみたいなこと言うなよ。とにかくなぁ、おまえしかいないんだわ。岩下の舎弟は軒並み、マル暴とは煙草も吸うな、って、お達し出されてるらしいからな」

「嘘《うそ》でしょ」

大輔は煙草を吸って顔をしかめた。

「おまえと田辺は、その前からの付き合いってことだろ。とにかく、岩下の動向次第でこの先の跡目争いに波が立つからな。別におまえが岩下と会わなくてもいいから」

「そうなんスか」

「おぅ。岩下は男もイケちゃうって噂だからな。おまえみたいに童貞面《どうていづら》してるヤツは、めくるめく手管でイチコロにされるだけだ」

「……俺なんかじゃ、うまく転がされるだけだって思ってんでしょ」

「拗《す》ねるな、拗ねるな。将来有望な若いやつをツブされちゃ、困るって話だ」

「思ってないくせに」

ヤクザよりもヤクザらしい西島から目をそらし、大輔はぼそりとつぶやいた。軽口を叩《たた》いて許されるのは、西島が気さくでおおらかだからだ。

「だいたい、童貞面って何ですか」

「男とシタことないだろ。ん？　男相手なら、処女って言えばいいのか」

「……くだらねぇなぁ」

思わず笑ってしまって、西島に脛《すね》を蹴《け》られる。大輔は痛みに顔をしかめた。

それは表面上の理由だ。蹴られるまでもなく、大輔は脛に傷を持つ身だった。

秘密を知られていないことにはホッとしたが、男相手の処女だの童貞だのの話には苦々しさしかない。思い出したくもないことはさっさと記憶の端に追いやり、下っ端が任されるには大仕事な、岩下との繋ぎについて考えた。

糸口を掴むことぐらいはできるだろうと期待されているのだ。

「察しが悪いぞ」

西島から、にやにやと笑いかけられ、大輔はこれ見よがしにため息をつく。

「俺がうまくやれば、西島さんの評価が上がるんでショ」

「後輩を出世の道具にしようとは思ってねぇよ。でも、部署内での発言権は上がるだろうな。おまえにとっても悪くはねぇ話だろ」

警察組織も、政治と力技が必要なところはヤクザと大差ない。派閥があり、上下関係がある。手柄を立てた者が優位になるのも条理だ。

「使い捨てにされなければいいですけどね」

憎まれ口を叩き、すぐさま飛んでくる西島の手のひらをひょいと避《よ》ける。自分が楽するためだけに若手をこき使う刑事も多い中で、西島と組むことができた大輔は幸運だった。

「そういや、おまえ、嫁とはどうなってる」

「聞きます？　それを」

「まー、一応な」

と答えた西島だったが、笑い話にもならない地雷だと気づき、スパスパとせわしなく煙草をふかした。

「俺みたいになるなよ」

ガサガサに嗄《か》れた声が、明るく言おうとして盛大に失敗する。西島はがさつだが、悪い人間ではない。

白いもやが喫煙ルームに立ち込めるのを見ながら、大輔は苦笑を噛み殺した。時間の問題だと、声に出しては言わなかった。

＊＊＊

結婚は早かった。二十三歳のときにコンパで知り合った三歳年下の倫子《のりこ》と、翌年に籍を入れて四年になる。

今ではすっかり冷え切っている上に、相手には別の誰かがいるらしい。これで夫婦などと名乗っていること自体がおこがましいが、そんなことになってしまった発端らしきものは数え切れないほどあって、どれが決定打だとも言えなかった。

仕事にかまけていたのも事実だし、相手の寂しさを思いやる気持ちがなかったことも事実だ。好きになって結婚したはずなのに、浮気をしていると察してもなお、嫉妬心《しっとしん》がうまく持てない現実を、大輔はなんとなく持て余す。

ただ、車の運転に邪魔だからとはずした結婚指輪は、浮気を知る去年まで普通につけていられた。そういうことだと、心の中で思い、どういうことなのか、具体的にはまったくわからないと思い直す。

繁華街のビルに入っている完全個室が売りの安っぽい和風居酒屋で、大輔は目の前のビールを手に取った。

個室の扉がからりと開き、入ってきたスーツ姿の男は店員に生ビールを頼む。

「いい加減、もう少し上等な店を選んでくれよ。別にホテルのラウンジにしろとは言わないけど」

「うっせぇ」

大輔は顔もあげずに答えた。

「第一声がそれ？　ったく。マル暴さんってのは、どういう躾《しつけ》を受けてるんですかねぇー。うちの組なら往復ビンタ食らうよ」

いかにも高級そうな生地で仕立てられたスーツの上着を脱ぎ、壁のハンガーにかけた田辺が振り返る。

「三宅さん、上着は？」

「いいよ。べっつに。安物だし」

「そんなこと言って、また醤油《しょうゆ》つけるんだろ。寄越しなよ。ネクタイも」

「……うっせぇなぁ」

態度悪く応《こた》えながら、大輔はくたくたになったスーツのジャケットを渡し、ネクタイもはずす。それぞれの上着が並ぶと、価格の違いがよくわかる。それは直接、互いの金回りの良し悪しに直結していた。

「ワイシャツも、脱げば？」

からかってくる声を睨《にら》みつけ、座れと低く答えた。

用がなければ会いたくない相手だ。

「機嫌悪いんだな」

笑いながら座ったところで、田辺の頼んだビールと、大輔が適当に選んでおいた料理が並んだ。

「二ヶ月ぶりに連絡があったと思ったら、これだもんな。用があって呼び出すなら、もうちょっと愛想良くしてくれよ」

生ビールのグラスを手にした田辺は、勝手に大輔のグラスとぶつけさせ、お疲れと言いながら口元へ運ぶ。

長くて太い指をした、手のひらの広い男の手だ。髪には柔らかなうねりがあり、ソフトに後ろへと撫《な》でつけられていた。そして、縁が細い金属の眼鏡をかけている。

店の中の適当な客たちを摑まえ、どちらがヤクザかと聞けば、おそらく全員が大輔を指差すだろう。

主婦層相手の株式詐欺をシノギにしている田辺は、完全なインテリヤクザだ。兄貴分の岩下に比べれば、現場を受け持つ鋭さを持っているが、それも仕事の最中にはすっかり消えてしまう。口先で相手を落とす器用さと、主婦層を骨抜きにする整った顔立ちを兼ね備えている。屈託なく笑えば、単なるイケメンだ。

一方、マル暴刑事の大輔は、オーバーサイズのダークスーツに、黒髪のオールバック。眉はややつり気味に整え、なるべく眉間《みけん》にシワを刻むようにしている。

生涯交番勤務だった大輔の父親は、よく笑う警官だった。道を聞かれれば笑って答え、泥棒だと駆け込む住民に対しても微笑《ほほえ》んで安心させる。そういう人だった。

なのに、自分は笑い方さえ忘れそうな暮らしをしている。ヤクザである田辺の方が、よっぽど笑顔を見せているだろう。

別にへらへら笑いたいわけじゃないが、自分が何を楽しいと感じるのかさえ忘れそうな毎日を『怖い』と感じるほどには、まだマル暴の刑事としてヒヨッコだ。

西島から『顔にマル暴と書いて歩け』と言われるのも仕方ない。

「なぁ、三宅さん。そろそろ、俺からの電話にも出てよ」

「知るか」

「すごくいいネタを持ってるかもしれないだろ。あぁいうのには、旬《しゅん》があると思わないのかよ」

「おまえみたいな三下が持ってくるものなんか価値ねぇよ」

大輔は、つっけんどんに言い返す。

「おまえはな、俺の質問にだけ答えてればいいんだよ。余計なことすんな」

「相変わらずだなぁ。その質問の答えを聞くためになら、俺の前に這《は》いつくばって、あんあん言うのに。……ツンデレ」

「ぶっ殺すぞ」

ギッと睨みつけた瞬間、何かが足に触れた。しなやかな動きで大輔のスラックスの裾《すそ》を押し上げ、靴下をなぞってくる。

「そうやって相手してくれるから、からかいたくなるんだろ？」

ふっと笑った田辺は、なおも足を動かした。スラックスの上をなぞり、開いた膝《ひざ》の内側をたどっていく。

「気持ち悪いんだよ」

「いやらしい、って言えよ」

田辺が楽しげに笑う。それを睨む気持ちは失せた。膝の内側のある部分を押され、その瞬間を思い出す自分を感じたからだ。

膝の裏を持ち上げられるとき、田辺の指がそこへ食い込む。力強い男の指の感触を、大輔の身体《からだ》は覚えていた。

二ヶ月に一度、あるかないかの関係なのに、薄れたつもりの記憶は深く根を張っている。思い知らされるたびに、大輔はうんざりした気持ちになった。

快感は快感だと割り切れるのは、まな板の上の鯉《こい》よろしく、白いシーツにあがっている間だけだ。その後で来る後悔と羞恥《しゅうち》は、はっきり言って地獄に近い。

「もう、やめろ」

手で押しやると、田辺は淫靡《いんび》な笑みを浮かべ、自分のくちびるを舐《な》めた。

「次はいつにする」

好きだとか、あんたのものだとか、歯の浮くようなことを言われるが、そんなものは最中と事後にありがちなたわ言だ。

相手はヤクザな上に、詐欺をシノギにしている。口のうまさは並み以上だし、それを丸ごと信じるような大輔じゃない。うっかりヤラれて弱みを握られただけの身体の関係なんて、できれば早々に清算したいのに、田辺があの岩下の舎弟である限り、それも難しかった。

大輔がため息をつきながら頭を抱えると、

「溜《た》まってるんだろ。抜いてやるよ」

田辺は、ちょっと腰に来るような、甘い声で言った。

「バカ言え。都合よく使ってんのはそっちだろ」

「満足させてると思ってたけど」

「してるかよ」

「じゃあ、この次は、もっと頑張らないと」

「俺はおまえのオモチャじゃねぇぞ」

「思ってないよ、そんなこと。思ってたら、もっと楽しんでる」

「楽しくないいなら、ヤるな」

「だからさぁ。そういうことじゃないだろ」

田辺が笑う。本気で大輔を好きなわけがなく、セックスだって優しいばかりじゃない。なのに言葉の端々には、気のある素振りが見え隠れする。

男相手にも媚《こ》びを売るのが、女衒で鳴らした岩下の舎弟のやり方だと、大輔は自分を納得させてきた。が、それは実際、かなりの無理がある。

「おまえのさ、兄貴分」

自分と田辺のことをこれ以上考えたくなくて、何気なく切り出した瞬間、田辺が真顔になった。自分のくちびるの前に指を立て、大輔を黙らせる。

「まぁ、いつかは来るだろうと思ってたよ。部署内の方針？」

「そうじゃないけど……」

「アニキの下は全員、緘口令《かんこうれい》敷かれてんだよ。特にマル暴とは親しくするなって言われてるし」

田辺は声をひそめる。

「おまえ、俺と会ってんじゃん」

大輔が言うと、形のいい眉がひょいと跳ねた。

「あー。まぁ、これは俺のプライベートだから」

「こっちは違うぞ」

「言うと思った。じゃあ、何をくれる？　うちのアニキは怖いんだよ。あんたらは知らないだろ。リークしたなんてバレたら、大変なことになる。詰めた指をケツに入れられるようなことにはなりたくないしなぁ……」

あながち冗談でもないのだろう。整った田辺の顔に、演技ではない憂いが差し込む。

「俺とおまえの仲だ。いまさら、金とか言うなよ？」

鼻で笑ってあしらった大輔が言うと、

「そーいう仲でしたっけ」

田辺はそらとぼける。改めてじっとりと睨みつけた。

相手は困ったような表情で肩をすくめ、眼鏡をすっと押し上げた。

「じゃあ、温泉に付き合ってよ。しっぽりとさぁ、二人で狭い風呂《ふろ》に入るような」

「……マジか」

悪趣味にもほどがある。

「そこでなら、『お願い』を聞かないでもないよ。お互いにプライベートだし、さ。あんたは薄給だろうから、金は俺が出してやるよ。その代わり……な」

田辺の目が細くなる。見つめられた大輔は、危機感から来る胴震いに襲われた。

何を想像しているのかは、過去の体験から、嫌というほどわかる。とてもじゃないが、口にできない話だ。

「な、じゃねぇよ。男相手に何言ってんだ」

「その男を相手に、あんな声出すヤツが……」

「てめぇ、今、何を思い出した」

「いやぁ、いろいろと」

にやにや笑う田辺の脳裏で繰り広げられている自分の痴態よりも、それが、この男をこんなにも楽しませていることに腹が立つ。

大輔の方は毎回、死にそうに恥ずかしい体勢を取らされ、出したくもない声を出して受け入れるのだ。翌日は、関節がバキバキに痛いし、あそこも変な感覚だし、良いことなんか、ひとつもない。

だけど、そうやって手に入れる情報はいつも、たわいないようでいて的確だった。

「温泉ぐらい行ってやらぁ。伊勢海老、食わせろ」

開き直って言うと、田辺はくちびるの端を曲げて笑った。

「その分、サービスさせるよ?」

「知るか。俺の大事な有休をやるんだから、ありがたく思いやがれ」

ビールグラスを呷《あお》って中身を飲み干し、テーブルにドンッと置く。やけになっているわけじゃなかったが、どうしてこうなってしまうのか。大輔にはわからない。

自分が男に突っ込まれることも、いまだに理解できていないのに、また置いていかれる。

果たして何が、いったいどこから置いていかれているのか、それは考える気にもならなかった。

＊＊＊

秋の朝には、冬の気配が伴う。

冷えたフローリングの冷たさに眉をひそめ、眠気覚ましに作った簡易ドリップのコーヒーを飲む。空気の冷たさも、コーヒーの苦さも、自分名義のマンションだと信じられないほどオシャレなリビングも、すべてが壊れかけた結婚生活そのものだと思う。そんな感傷を苦笑いで打ち消し、大輔は、中身のなくなったマグカップを流しに置いた。

一泊旅行程度じゃ、手荷物はほどんどない。薄手のタオルと着替えを押し込んだ肩掛けのメッセンジャーバッグは、意外なほど軽く、忘れ物をしている気持ちになるぐらいだ。

トレーナーにジーンズを穿《は》いた大輔はあくびを嚙み、ふいに開いたドアを見る。リビングの隣にあるのは嫁の寝室だ。

「帰ってたの」

寝起きのパジャマ姿で、倫子はかすれた低い声を出した。

「ちょっと旅行してくる」

「ふぅん」

「おまえの予定は？」

「どうして」

今まで聞いたこともないくせに、と言いたげな視線がそれる。

「いつも通りよ」

答えがそっけないと思い直したのか。倫子はため息まじりに付け加えた。

大輔は、首の後ろに手を回し、フローリングをつま先で軽く蹴る。他に言うことがなくて、思いつくままに言った。

「なんか、土産《みやげ》買ってこようか」

「……別にいいけど。ちょっと待って」

部屋に取って返した倫子は、すぐに戻ってきた。大輔に近づくと、二つ折りにした一万円札を差し出してくる。

金の無心をしたつもりはない。大輔がとっさに眉をひそめると、

「ないよりある方がいいでしょ。おいしいもの、食べてきて」

言葉とは裏腹に、倫子もムッとした表情になる。

「旅行のために貯金でもしたの?」

大輔の給与はすべて倫子に管理されていた。別の口座へ振り込まれる月々の小遣いは妥当な額だ。それを、大輔は自分で引き出していた。

「まぁ、な。付き合いで」

「そ。気をつけて」

大輔の動向に興味がないのだろう。そっけなく言った顔には笑顔もない。背中を向けるなり、二人の間の沈黙を疎むようにテレビをつけた。

いっそ不倫旅行だと言ってやれば、内心では喜ぶのかもしれない。

そう思いながら「行ってくる」と空々しい声をかけた。『誰と』とも『どこへ』とも聞かれなかったことが、こんなふうに重くのしかかるとは意外だった。

マンションを出て、スニーカーの紐《ひも》を結び直す。

嫁に小遣いをもらって、自分の身体が目当ての男と旅行しようとしている自分は、本当に警察官だろうか。もしもゲイならそれもいいような気がする。だけど、自分はノンケだ。いろいろおかしい。

立ち上がり、マンションの部屋を見たが、どれが自分の家なのか。それさえもすぐには判別できない。どれも同じ色で、同じ形をしたドアだ。

ため息をついて、背を向けた。

指折り数えて楽しみにするような旅じゃない。できれば誰かに止めてもらいたいほどの後ろめたさがある。

それでも仕事柄、踏み出した足は機敏に動く。

駅へ向かい、電車に乗った。二駅で急行に乗り換えて三十分。それから各駅停車で三つ。平日の朝からガランとした田舎の駅が、指定された待ち合わせ場所だった。

改札を抜けると、顔をあげた先に田辺がいた。朝日に輝く真っ赤な外車はスポーツクーぺだ。その向こう側で、屋根に両肘《りょうひじ》を重ねてもたれかかり、くわえ煙草を吸っている。

とっさに、嫌だと思った。

車は好みのタイプだし、西伊豆《にしいず》のワインディングロードなら、助手席でもじゅうぶんに楽しいだろう。だけど、一緒に行くのは田辺だ。気心なんかまるで知れていない、ヤクザのペテン師。人の身体を好き勝手に触りまくって、広げたり折り曲げたり、吸ったり噛んだりする輩《やから》だ。

楽しいわけがないと眉をひそめたが、ここまで来てしまったんだから仕方がないと道路を突っ切った。

気づいた田辺がにやりと笑う。

「もっと期待した顔で来いよ。俺はこの日のために、三日分溜めてきたのに」

「エグい」

大輔はさっさと助手席に乗り込んだ。外車だが、右ハンドルになっている。

「くっそ。むかつくな」

悪態をつきたくなるほどに、セミバケットのシートは座り心地がいい。その上、田辺がかけたエンジンの音に痺《しび》れた。

「大きな仕事のご褒美だって、アニキがくれたんだ」

「マジかよ。なんだ、それ。人の金だろ」

「それ言ったら、商売人はみんな、人の金で食ってるだろ。あんただって、人様の血税でかわいい嫁を養ってるくせに」

フロントパネルの仕様を覗《のぞ》き込んでいた大輔は、静かに身を引いた。私服の田辺はいつもと感じが違う。

眼鏡はかけているが、髪はラフだ。ボタンダウンのシャツの襟ボタンを外し、深いＶネックのカーディガンを着ている。そのニット生地も、見るからに柔らかで着心地が良さそうだった。

私服になると、二人の格差はますます広がる。

「帰りたくなってきた」

着古したフード付きのトレーナーを指で摘《つ》まんで、大輔は本音を口にする。これではますます、どちらが年上なのかわからなくなる。たった一歳違いの話だが。

ドアにロックがかけられ、

「髪、おろしたのは初めて見たな」

さりげなさを装って、田辺の腕が肩へ回る。

「おい」

近づいてくる顔を押しのけた手が、そのまま掴まれる。

「嫁の話、したら怒るよな。いつも」

「てめぇがわざと嫌がらせしてくるからだろ」

「『俺のいい人』と出かけるんだって、言ってやった？」

「冗談だろ。誰がいい人だ。おまえは疫病神だ」

「よく言うよ」

笑った田辺が身を乗り出す。クーペとはいえ、狭くはない。強く引き寄せられてくちびるが重なった。ほんの一瞬。だけど、舌先でくちびるを舐め回されて解放される。

「きったねぇな！」

トレーナーの袖でぐいっとくちびるを拭《ぬぐ》うと、声をあげて笑う田辺はサイドブレーキを下ろした。想像よりも滑り出しは優しい。

ＡＴ車だが、ハンドルの裏にパドルシフトがついているタイプだ。

「途中で代わろうか」

食い入るように手元を見ていると、田辺に気づかれる。

「いいの?」

「ぶつけないでくれれば、いいよ」

「それはないから」

思わず大輔も笑って答えた。

「じゃあ、高速乗ったらな。あと、スカイライン的なところも走るから、そこも代わってやるよ」

田辺がカーステレオをいじると、ドアについているスピーカーから爽《さわ》やかな洋楽が流れ出した。女の子とのドライブ用だなと内心で思いながら、大輔はドリンクホルダーに入っている紙のカップに気づいた。コーヒーチェーンのテイクアウト用のものだ。

「それ、買ったばっかりだから」

言葉通りなのだろう。飲み口にはピックが刺さっている。来る途中で買ってきたのか、田辺の分はピックが抜いてあり、飲みかけらしかった。

「何か変だな。おまえとこういうのは」

つぶやきながら指で触れると、カップはまだ熱いぐらいに感じられた。

ハンドルを握った田辺が笑う。

「普段はヤって終わりだし? それか、貧乏くさい居酒屋で話すだけ」

「……ミもフタもねぇな」

「それはいつものあんただよ。出すもん出して、聞きたいこと聞いたら、さっさと帰るだろ」

「他に何しろって言うんだよ。おまえにしなだれかかって、セックスの感想でも聞くか」

「あー、いいね」

「ふざけんな。ボケが」

笑って、コーヒーのピックを抜く。

「朝、出かける前に嫁に会った。たまたま、な。行先も相手も聞いてこねぇの。しかも、小遣い渡されてさ、微妙だった」

「……まさか愛情だと思ってんの？」

「んなわけねぇだろ。土産買ってこようかって言ったのにさ。金をせびったみたいで、なんだかなー、だよ」

「その小遣い握りしめて、男に抱かれに来てるの、わかってます？」

片道二車線の国道に出た田辺は、前を見たままで言った。

「萎《な》える」

と、大輔は不機嫌に答える。

「俺は興奮する」

薄く笑う田辺の横顔を睨んだ。

「ヘンタイ。アニキに節操がないと、下もダメなもんかな」

「……あの人は半端ないから。比べることが間違ってる」

「へー、そんなに？　噂じゃ、すごいらしいじゃん。あれ、どれぐらい本当なんだよ」

「七割方、かな」

「それって結構だな。悪い男ほど色っぽいもんかねぇー。俺にはわかんないけど」

「会えばわかると思うけど。会わない方がいい」

「ってか、それが俺の『お願い』なんだけど」

「……あんたでなくてもいいんだろ。繋ぎなら取ってやる」

「約束が違うだろ。旅行に付き合ったら、俺のお願いを聞くって言ったのはてめぇだぞ」

「聞く、って言ったんだ。安請け合いするなんて言ってない」

「また、そういうことを……、おまえみたいなのを詐欺師っていうんだ。あ、本業か」

大輔はケラケラッと笑う。性的な関係を持つようになってから、田辺との仲は一気に砕けた。大輔が格好をつけなくなったことが大きい。

「で。三宅さん、土産買って帰るの。奥さんに」

「さー、どうすっかな。金の無駄って気もするけどな」

今となっては、喜びそうなものが想像つかない。これまでだって、プレゼントに本気で喜んだかどうかは、怪しいところだ。

「いい加減、別れたら？」

田辺が軽い口調で言った。

「おまえに指図されることじゃねぇだろ」

そっぽを向いて窓の外を見た大輔は、相手が笑いもしなかったことに気がついた。いつからだっただろう。ヘラヘラ笑って口にしていた言葉を、田辺が真顔で言うようになったのは。

そして、そのたびに、大輔は苦い気持ちになる。

間違った結婚だったと認めるのが怖いわけじゃない。相手が自由になりたいと一言でも口にしたら、潔く別れてやるつもりでいる。だけど、それまでは家族だ。家族なら、養ってやるのが男としての務めだ。

「あいつが、相手と本気かどうか、それもわかんねぇのに」

捨てるようなことは、大輔の性格上できない。

古い考え方だとしても、浮気をさせているのは自分の至らなさで、それを改善する暇もないのだから、家族でいる間はせめて経済的に守ってやりたいと思う。

「あんたのそういうところ、すごく刑事っぽくて、嫌いだ」

「オレ、刑事だもん。ごめんねー」

田辺を振り向かずに言った。振り向けば、表情から心が読めてしまう。そんな気がして。大輔は、ただ黙って前を見た。


高速道路に入って、しばらくしてから運転を代わってもらい、ほどほどのスピードで加速を楽しむと、大輔自身も驚くぐらいテンションが上がった。

そこへ、海沿いの鄙《ひな》びた風景が追い打ちをかける。海抜の低い道路から見える海は、車高の低いスポーツクーペならなおさらに、海面が視線の高さだ。そこから崖《がけ》をなぞるように登れば、海は碧色《みどりいろ》に澄み、駿河《するが》湾の向こうには薄雲から頭を覗かせた富士のシルエットも見える。

これでテンション低くいられるほど、心が腐っているわけでもない。素直に喜ぶ大輔を助手席に、田辺も上機嫌で安全運転を続けた。カーブを丁寧に曲がりながら、やがて海沿いを左にそれ、西伊豆スカイラインに乗る。

その途中でも運転を譲られ、大輔は意気揚々と応じた。

ぐんぐん標高が上がる山道は、両側の木々の枝もきちんと管理されていた。後続車もない道路は、まるで専用道だ。走りやすい。

「あーっ！　やべぇ！　これ、やばい！」

これほど『スカイライン』の名にふさわしい道路を、大輔は知らなかった。山の向こうに、空へ向かうようなガードレールが見え、あそこまで登るのかと思った。たどり着くと、その想像をはるかに超えて、快晴の秋空へ向かって道路は伸びている。高揚感を煽《あお》る傾斜のきつい直線を抜け、道は曲がりながらわずかに下った。そこから、樹木も低い尾根沿いに道が続く。

左手に、険しい伊豆の山が重なり合うのが見える。

爽快《そうかい》なドライブルートを満喫して土肥《とい》まで抜けた頃には、もうすっかり田辺の策略の中だった。

「ずるい。おまえ、ずるいよ……」

取り繕った不機嫌を続けることもできず、豪勢な海鮮丼を奢《おご》られた大輔は、今日だけ特別に陥落されておこうと決めた。

パンパンになった胃をさすりながら助手席に収まり、行儀悪くスニーカーを脱ぐ。その足をダッシュボートの上に乗せたが、田辺は咎《とが》めもせず笑うだけだ。

「おまえ、モテるだろうな」

大輔は何気なく話しかける。大輔でさえこれほどテンションが上がってしまうのだ。女を落とすことなんて、造作もないだろう。

「モテるよ」

当たり前のように答えが返ってきた。大輔はムッとして田辺を睨む。

「そこは謙遜《けんそん》しろよ」

「あぁ、すみません」

悪びれずに笑う田辺は、次の目的地の看板を見つけて指差した。フェリーに乗って、洞《どう》窟《くつ》を見るらしい。

「それはそれだ」

「オレなんかをからかってないで、きれいなネェちゃん、はべらしてればいいのに」

「いつもステーキばっかじゃ、嫌ってか」

「なんなら、乱交でもする？」

「……バッカだろ。まー、いいかもな。優しく乗っかってくれるナイスバディなら」

「俺もたいがい優しいと思うけどな」

駐車場に入る。

「おまえは、突っ込んでんじゃねーか。優しいも何もねぇだろ」

「気持ちいいだろ？」

シートベルトをはずそうとした手が摑まれる。

またかと思った瞬間にはキスされていた。

「気持ちはいい。けど、それだけだ。……ってか、ホイホイ、キスすんなよ」

田辺を押しのけて外へ出る。

交通量の少ない道路を渡って海に出ると、クルーザーが見えた。観光船のコースはいくつかあるらしく、往復で二十分の短いコースでいいと話し合う。

チケットを買いに行く田辺を遠巻きに眺めていると、平日を狙《ねら》って旅行をしているのだろう学生らしき女の子たちが、目で追っては耳打ちし合うのがわかった。

ツレが女じゃなくて、チンピラ寸前の男だとわかったらどんな気持ちになるんだろうかと、そんなたわいもない物思いの最中に、嫌味なほど足の長い男は大股《おおまた》で戻ってきた。

これ見よがしに肩を抱かれ、油断した隙《すき》に、頬《ほお》へキスが当たる。

「おっまえ！　バカか」

突き飛ばそうとしたが、腕を摑まれた。

女の子たちの視線ぐらい、とっくの昔に気づいていたのだろう。同じクルーザーに乗り込んだ彼女たちの視線は、あからさまにさっきと違っていた。嫌悪してくれればまだマシだ。何が楽しいのか、興味津々の目で大輔を観察してくる。

男二人で座るには狭い二人掛けのベンチシートで、船体と田辺に挟まれた大輔はむっすりと腕を組む。

「あんたが、若い女なんかをちらちら見てるからだ」

窓の外を窺《うかが》い見る振りで身体を近づけてくる田辺が、意地の悪い笑みをこぼす。

「……男が女を見て悪いか」

「あんなガキ、興味ないくせに」

「男にも興味ねぇよ。寄るな。狭い。前に行けよ。空いてるだろ」

そうこうしてるうちに客が増え、年配の男女が席を埋めてしまう。

「信じられねぇ……」

田辺を追い払うこともできないままにクルーザーが動き出し、大輔は重い息を吐き出した。

斜め向かいに座る幼稚園児ぐらいの子が、怯《おび》えた目で母親に摑まるのが見え、忘れたはずの過去を思い出す。

あれぐらいの子供がいてもおかしくはなかった。結婚して半年後にできた子が無事に生まれていたら、きっと、あれぐらいの大きさだ。

流産してしばらくの間、倫子は長崎にある実家に帰っていた。心がすれ違い始めたのは、あの後だろうか。

それとも、結婚したときからすでに、すれ違っていたのだろうか。

二人でどんな会話をしていたのかも、今となっては思い出せない。それほど、自分は仕事だけに向き合ってきた。大輔の記憶の中で、それだけは揺るぎのない事実だ。

「あれ、見て」

田辺の指が視界を横切る。

「あの地層、おもしろくない？　ほら、シマシマの上に、溶岩石みたいなの、乗ってる。富士山の噴火？」

「ここまで来ないだろ」

「じゃあ、どこの火山だよ」

「おまえな……」

まるで、どこの組の者だと聞くような口調だ。大輔は失笑した。同時に、胸の中に甦《よみがえ》っていた過去が遠のいた。

「子供、好きなの」

「なんだろうな、おまえは」

波を乗り越えるクルーザーが揺れる。

倫子を思い出させまいとするくせに、同時に危ういところへ切り込んでくる。田辺のやり方は、いつだってチグハグだ。

優しいのか、優しくないのか。まるで判断がつかない。それは二人が繰り返すセックスと同じだ。

「嫌いじゃない。……子供がいたら、おまえみたいなのと、こんなところに来てないだろうな」

「なに、それ。エロいな」

「黙ってろ」

軽く肘で突き、大輔は窓の外を見続ける。

クルーザーが暗い洞窟の中に入り、窓のように丸く開いている天井の下を通る。行き過ぎて止まり、向きを変えると、大輔の席からも洞窟の中へ降り注ぐ光の帯が見えた。

船内がにわかに活気づく。

「いなくてよかったな。誰も不幸にならずに済む」

たわいもなく田辺が言った。振り向かず、大輔は、その言葉を口の中で繰り返す。

オレはじゅうぶんに不幸だと言いかけ、声にならないと思った。

うまく思い出せない倫子の横顔が薄ぼんやりと脳裏にかすむ。

それきり、大輔と田辺は黙った。

元の場所へ戻ったクルーザーを降り、どちらからともなく遊歩道へ向かう。さっき下から見た穴を上から見学して、遊歩道の先にある崖へ出た。地層そのままで、手すりも安全柵《さく》もない。

でも、進入禁止ではないらしく、外国人観光客のグループが写真を撮っていた。

「え、行くの」

進路を変更した田辺を思わず呼び止める。

「行かないの？」

にやりと笑われ、大輔は胸をそらした。

「行く」

恐《こわ》がっていると思われるのは心外だから、後を追う。高所恐怖症じゃないし、よっぽどのことがなければ落ちそうにもない。

でも、砂を撒《ま》いたような地層は表面が滑らかで、足裏に引っかかりにくい。ちょっとバランスを崩せば、足元がもつれそうになる。

そこを、田辺はひょいひょいと飛び跳ねるように下りていく。

「……あっぶねえな」

見ている方がひやひやする下り方だ。

「手を貸そうか」

田辺がふいに振り返る。その、軽い口調で笑う顔を見たとき、何かがおかしいと大輔は思った。

「いらねぇ。っていうか、おまえの下り方がこわい」

「そう？　ごめんな」

眼鏡をはずし、カーディガンの内側にしまった田辺が髪を掻《か》き上げる。風が吹き抜け、大輔の胸の奥がひゅっと縮こまる。

自分が危ういのじゃない。岸壁に立つ男が、こころもとないのだ。落ちたって、死にはしないだろう。だけど、相手の背中には海と空しか見えない。この先がどうなっているのかわからないのは、やはり恐怖だ。

「やっぱ、手ぇ貸して」

「うん？」

意外そうに眉を跳ねあげた田辺は、すっと手を伸ばしてくる。いつもなら繰り出される嫌味さえなかった。

指を返すと、ぐっと手を握られる。

「恐くないだろ？　これぐらい」

にやりと笑ったのがはにかむように見え、大輔は視線をそらした。

「おまえ、なんでヤクザになったんだよ」

大輔の問いに、答えは返らない。笑ってみせる田辺は、それでごまかし、大輔の手を引いた。

「あんたがデカじゃなくて、普通の仕事してくれてればよかったのに」

「そしたら、どうすんの？　友達にでもなりたいとか？」

ときどき振り返る田辺の背中を追う。大輔は、自分の問いに無用のトゲがあると自覚した。ヤクザじゃなければ、刑事じゃなければ。そう思ったところで、田辺はヤクザで、自

分は刑事だ。

　これが二人の関係だ。出会ったときから変わらない。肌と肌が触れていても、同情さえ生まれないことはわかりきっていたのに。

「恋人にしようかなぁ」

　ふざけた田辺がにやにや笑う。

「冗談ばっかりだな」

　安全なところまで下りた大輔は、繋いでいる手を乱暴に振りほどいた。

「ほんと、用なしになると冷たいな」

　田辺がポケットを探り、煙草を忘れてきたと言う。

　大輔は自分の煙草を勧め、二人で案内所の喫煙スペースに並ぶ。

「デカじゃなかったら、なおさら、オレはこんなところに来てない」

　煙草をふかしながら言うと、田辺はうつむいて笑う。

「あんた、そればっか。はしゃいでくれとは言わないけど……まぁ、いいか」

　途中で話をやめて、煙を吐き出す。

「男同士は気が楽でいいよな」

　沈黙が嫌で、大輔は口を開いた。そして続ける。

「っていうか、煙草吸ってる相手だと気兼ねなくていい。倫子なんか、煙草休憩のたびに時間の無駄だって拗ねて……」

「拗ねて？　続きは？」

「あぁ、まぁ、めんどくさいって話で」

大輔はくちごもる。

「やっぱり、頭の中に奥さんが居るんだな」

「はぁ？」

「悪口なのか、ノロケなのか」

「決まってんだろ」

煙草をくちびるから離し、大輔はうつむく。スニーカーのつま先を見つめ、自分がデカじゃなくても同じだと思った。

男同士で肉体関係だなんて、普通じゃない。でも、もしも、身体を求められない本当に普通の友達関係だとしたら。

そう考えてしまい、うんざりと髪を揺らした。

田辺はヤクザだ。やり手の女衒を兄貴分に持つ、手八丁口八丁百戦錬磨のペテン師。

この旅行を楽しいと思う自分は、抱き込まれかけている。

こうやって人の心を蝕《むしば》むのが、ヤクザのやり方だ。

「三宅さん」

呼ばれて、顔をあげる。

「俺とここにいて、奥さんに悪いとか思ってんの」

「仕事してんだよ。罪悪感があるとしたら、職場に対してだ」

「元から仕事のつもりしかないんだろ」

「だからって、ヤクザと温泉はないだろ」

「……宿、入ろうか」

互いの視線が一瞬だけ交錯する。そらしたのは、大輔だった。


部屋についている露天風呂は狭いからと、まずは宿自慢の露天風呂へ誘われ、誰もいないのを見た瞬間に後悔した。

かかり湯をして、ドライブで疲れた身体を伸ばして早々、距離を取っていたはずの田辺に追い詰められる。

「おまえ、こっそり近づくなよ」

「油断してる三宅さんが悪い」

「なんでも、人のせいか」

「そうでもないけど」

湯の中で足首を摑んだ手が、膝へのぼってくる。

「妙な、触り方……」

「ん？　そう？」

かすかに笑った顔が楽しげに近づいてくる。押しのけようと伸ばした手を剝《は》がされ、くちびるが頰に押し当たった。

揉《も》み合いになりたくないだけの反応が許しと取られ、くちびるが重なる。甘いようなキスから、顔を振って逃れた。

「バカだろ！」

逃げようとした腕を摑まれ、湯の中で股間《こかん》をまさぐられる。

「やめろよ」

「ほんと、溜まってんだな。こんなになってんの」

男の大きな手に根元を摑まれ、ゆっくりと先端が握り込まれた。湯が揺れると、過敏な部分が熱い水流に撫でられてしまう。

「……マジで、やめろ。変な声出る」

「出せばいいじゃん。出して。聞きたい」

「嫌だ。ふざけんな」

「ふざけてるから楽しいんだろ」

背中に回った手が、ワキを過ぎて、乳首を探り当てた。

指の腹で撫でられ、大輔は思わず肩をすくめた。腰が勝手にビクビクと震えたのは、田辺が言う通り、溜まっているからだ。

前の晩にでも抜いておこうと思ったが、『田辺と旅行するから抜く』という事実が受け入れがたくてできなかった。

まるでセックスすることを大前提に自分を長持ちさせようとしているみたいで、最中に微塵《みじん》でも田辺を思い出したら最悪だと考えたからだ。実際にセックスしているときならまだしも、一人でするときまで田辺のことを想像するなんて、いたたまれない。

「キスでこんなの？　それとも、乳首？　やーらしい身体になっちゃって」

耳元でエロくささやかれる。大輔は昨日の夜の自分を恨みながら、平手で田辺の頬を叩くようにして押しのけた。

「うっせぇ！」

怒鳴りながら、立ち上がる。田辺の視線が股間を直撃したが、気にせずにタオルを摑んだ。

「それ、どうすんの」

「部屋戻って抜く」

「頼んでくれたら、してやるのに」

「頼むわけねぇだろ」

股間を隠して振り向くと、ダミ声で話すおっさんたちの声が聞こえた。

露天風呂のふちにもたれた田辺が、柔らかく笑う。

「もう少し、温まったら？」

おっさんたちの声を聞いた途端に、大輔のそこは急速に萎えていた。そうなると、湯から出る理由もないように思え、しぶしぶ、田辺から離れた場所へ入り直す。

「近づくなよ」

と、一言だけ釘《くぎ》を刺し、結局、おっさんたちがいることに安心して、長湯になった。ポカポカに温まり、ロビーで湯上がりのビールを飲んでから部屋へ戻る。

特にすることもなく、ドライブと海風にさらされて疲労した身体を畳に伸ばす。ふわふわと心地のいい感覚のままで睡魔に襲われ、しばらく互いにうたた寝をしていると、夕食の用意に来た仲居がドアを叩く音で起こされた。

手際よくテーブルが準備され、浴衣《ゆかた》の乱れを直しながら席につく。

ずらっと並ぶ料理に腹が鳴った。

旅行などろくにしたことのない大輔にとって、旅館に泊まって楽しみなのは温泉よりも料理だ。温泉なら日帰り施設でも楽しめるが、酒を飲みながらの豪勢な食事となると、そうそう機会はない。

だから、追加で頼んだ地酒で乾杯した頃には、その後のことなど忘れていた。伊勢海老をまるごと使った刺身もあったからだ。

興奮して前のめりに刺身を食べる大輔を笑いながら、田辺は中身の少なくなったガラス製の猪口《ちょこ》へ酒を注ぐ。

「飲みすぎるなよ」

そう言われ、大輔は睨み返した。

「俺が勃《た》たなくても、おまえには影響ないじゃん」

「ちょっとは雰囲気出そうよ」

伊達眼鏡をはずしたままの田辺は、わずかに頬を歪《ゆが》ませる。

「何の雰囲気だよ」

「……不倫旅行の」

「AVかっつーの。笑う」

酒が回った上機嫌さで、大輔はケラケラ笑った。田辺は手酌で酒を注ぎ、ゆっくりと口元へ運んだ。

仕草がさりげなく色っぽい。だから、女がポンポン騙《だま》されるのだ。

自分は男だから関係ない。そう思ったついでに、大輔は冗談混じりの質問を投げた。

「俺たち、どう思われてんだろうな」

「まぁ、遊覧船の女の子たちはカップルだと思ったんじゃない？　宿《ここ》では、兄弟水入らずの旅行ってことになってるから」

「おまえと兄弟になんかなりたくねぇわ。なにそれ、おまえ、弟？」

田辺の方がひとつ年下だ。

「三宅さんの名前で予約したんで」

「自分の名前にしろ」

「そっちが年長だろ」

「ひとつしか変わらねぇじゃん」

「じゃあ、俺の名字にしちゃってもよかったのかよ」

「田辺、大輔？　おまえも平凡な名前だから、違和感ゼロだな」

「違和感ないなら、俺の籍に入ってよ」

田辺がくだらないことを言って笑う。

「無理。親族にヤクザいたらダメだもん」

「理由は、それだけ？　……俺の気持ち、わかってんだろ」

「はぁ？　気持ち？　ってぇと、俺と兄弟盃でも交わしたいとか」

鼻で笑うと、田辺が酒の瓶を手にテーブルを回ってくる。大輔の猪口に酒を注ぎ足して、瓶を静かに置いた。

ふいに身体が近づき、大輔は身をよじる。

「ま、後でいいや」

田辺は陽気に笑って、自分が満たしたばかりの大輔の猪口をぐいっと飲み干した。


食事が終わり、窓際で一服している間に、布団が敷かれる。

やけに眩《まぶ》しく感じられる白いシーツと二組の布団のしらじらしい距離に、大輔は一人で胸を騒がせた。

ぴったりとくっつくはずのない、男同士の旅だ。

なのに、あのどちらかは眠る前に乱される。

「いつまで、のんきにしてんの」

窓を閉めた田辺が、大輔の座っている椅子《いす》の背に回り込む。手から煙草が奪われ、無理に振り仰がされて、くちびるが合わさった。

「んっ……ん」

歯についたばかりのニコチンをこすり取るように舌を動かされ、たまらずに相手の胸を押し返す。

「勃った？」

嬉《うれ》しそうに聞かれるまでもない。田辺は、大輔の煙草を灰皿で揉み消した。

匂いの移った指で頬を撫でられる。

いつだって、この瞬間はぎこちない。田辺は慣れているが、大輔は無理だ。何をすればいいのか、何をされるのか、毎回変わる手順に翻弄《ほんろう》される。

「さっきの話さ」

と、田辺に話しかける。

「おまえみたいなヤクザの『気持ち』なんて、カタギのオレにはわからないし、わかりたくもねぇ」

「マル暴はカタギじゃねぇだろ。っていうか、そのヤクザと、もうこんな関係まで行っちゃってるくせに、な」

「おまえなんか、無料《タダ》でやれるフーゾクだっつーの」

「こんなに好きにさせておいてさ」

手が浴衣の裾を掻き分けた。ボクサーパンツの上から、盛り上がった股間を撫でられる。

「そんなセリフ、誰にでも言うんだろ。アニキの仕込みか」

互いの視線が絡み、どちらも引かない探り合いになる。その間も、田辺の手はうごめき、大輔は目元をかすかに震わせた。

平常心を保てるような刺激じゃない。

「今夜は、俺を先にしようか」

手を離した田辺が自分の浴衣の帯をほどく。前を開くと、鍛えられた腹にうっすらと浮かぶ筋肉の畝《うね》が露《あら》わになる。田辺はそのままローライズのボクサーパンツを腰骨からずらした。

半勃起《はんぼっき》しているものを片手でこすりながら大輔のあごを摑み、「舐めて」と近づけてくる。

思わず顔を背けると、田辺はため息をついた。

「あんたは何をしに来たんだよ。別に、酷《ひど》いことはしないんだから、ムードぐらい出せよ。『繫ぎ』が欲しくて来てんだろ」

「これは嫌だ」

フェラチオをさせられるのは初めてじゃない。でも、突っ込まれる以上に苦痛で、大輔にとっては羞恥も越えて屈辱でしかなかった。

「いっつも舐めてやってんだろ」

「それはおまえが好きで……」

「イヤイヤでいいって。ほら、舌出して」

どこか投げやりに田辺が言う。くちびるに指が差し込まれ、乱暴に口の中を探られる。

それだけでえずきそうになり、仕方なく舌先を出した。

「ん。いい子……。そのまんまにしてな」

出した舌の表面に、先端が押し当たる。自分のそれを支えた田辺は、ゆっくりと張り詰めた肌をこすりつけてくる。

「はっ……」

硬くなっていくカリの部分に、舌の繊細な表面を逆撫でされ、大輔は身を引いた。

「三宅さん。気持ちいいから……もう一回」

投げやりに聞こえたのは、田辺が興奮しているからだ。無理やり口の中へねじ込まれても、大輔からは文句を言えない状況で、なぜか、男は欲望を押し殺す。

大輔はちろりとだけ、舌先を出した。柔らかな肉片を刺激されただけでも、股間が脈を打つ。じれったくてたまらず、自分の両手で押さえ込むと、そこはもう硬くなり、下着の布地を押し上げていた。

「舌が嫌なら、くちびる突き出して」

田辺にあご下を摑まれ、両頰を指で押さえられた大輔のくちびるが『アヒル口』になる。

「なぁ、自分で触るなよ？　俺が、してやるから」

先端だけをしきりとくちびるに押しつけて離し、田辺は不思議と柔らかい声で言う。それもいつものことだ。ときに優しく、ときに強引に、この男は大輔に快感を植えつける。

「もう少し、口開けれる？　恥ずかしい？　そんな小さい口でされる方が、興奮するんだけど……」

欲望を滲《にじ》ませる田辺に見下ろされ、大輔は意を決した。ガバッと口を開くと、田辺が笑いながら腰を出す。

「ん、ぐ……」

「奥まで突っ込まないから。な？　あー、エロい。あんたのほっぺたの内側、俺のチンポがぐりぐりしてんの」

そう言いながら、口腔《こうこう》内を突かれ、頬を撫でられる。内側と外側から押され、大輔は顔をしかめた。

辱められている自分の姿を想像しても萎えていない股間に、いまさらながらに打ちのめされる。目をぎゅっと閉じた。やり過ごすには、身体が快感を知りすぎている。

田辺はそのまま、先端だけを抜いたり入れたりしていたが、やがて大輔の髪を撫でて離れた。

「あんた、口が弱いんだよな。すぐ、涙が出ちゃって」

顔を覗き込まれ、とっさに睨み返す。

「俺みたいな男にサカるな」

「自分で思う以上にエロいよ、あんたは」

下くちびるを摘まんできた田辺が目を細めた。

「挿入させて」

色っぽく微笑む田辺は、やっぱり外見からして詐欺だ。

クールすぎない顔には甘い優しさがあり、本性を知らなければ、見たままの人間だと思ってしまうだろう。

本当は、人を騙すことなど苦にもしない悪魔だ。悪巧みで口元を歪めれば、優しさなど微塵もなくなってしまう。

腕を引っ張られ、大輔は布団へ連れていかれる。

バスタオルを敷いた布団の上で四つ這いになるように言われ、イヤイヤながら膝をつくと、背中を乱暴に押された。勢いよく浴衣がまくられ、下着がずり下ろされる。

額をつけた大輔の視線の先で、勃起した象徴が揺れ、たまらずに腕へ顔を伏せた。

「まだ慣れない？　こっちは、もうすっかり快感を知ってるんだけどね」

からかう田辺の指が、尻《しり》の間をなぞった。指先がゆっくりとそこを突いてくる。

「無理……」

何度もしているとはいえ、前回から間が空いている。唾液《だえき》をこすりつけただけで押し込まれるのは恐怖だ。

「わかってる。ってか、もうちょっとリラックスしろよ。何回目だよ」

「おまえ相手に、何を安心すればいいんだよ……」

「身も心も、俺のものになれば楽だって、いつも言ってんじゃん」

「ふざけんな。……っ」

閉じた場所に、濡《ぬ》れた感触がする。

「温感ローション。すぐに熱くなるから、なったら『熱い』ってかわいく言って」

「……んっ」

指がつつっと差し込まれる。それから、ゆっくりと抜き差しが始まった。確かに、身体は心よりもよっぽど慣れている。

どこをいじられたら気持ちがいいか知っているだけに、そこを触ってもらいたがる貪欲《どんよく》さも芽生え、こらえようとしてもこらえきれずに腰が揺れてしまう。

「二本目。今日は、浅いところの方がいいんだな。もうがちがちに勃起してるし、中からこすられたらキツイか」

「いちいち、言うな……」

「言わなきゃ、不安がるくせに」

「んっ、んっ……」

ふいにぐりぐりと手が動いた。指先で内壁を掻きまぜられ、大輔は息を呑《の》む。声が漏れそうで奥歯を噛んだが、息を吐き出す瞬間には耳にしたくもないふやけた声が出る。

「テレビ、流しといてやろうか」

離れた田辺がリモコンを操作すると、静かな部屋に人の話し声が満ちた。大輔は少しだけホッとする。膝上で止まっていたボクサーパンツを脱ぐと、戻ってきた田辺はコンドームの封を切った。

「あんたもつけといた方がいいな。大量に出そうだし。我慢できるなら、後で思いっきりしゃぶってやるけど？　……無理だよな。三宅さん、堪《こら》え性《しょう》ないから」

「うっせぇよ」

田辺の手からコンドームを奪い取り、自分自身につける。その間に田辺も用意を済ませ、またうずくまるように促してきた。

「あんた、まだ一回もイッてないときが、一番いいからな」

「じゃあ、何回もヤんなよ！」

「それはそれだろ。ちょっとずつ違うんだよ。……もしかして、『良くない』って言われたくないの？　なら、言い方変えるけど。もっと褒めようか」

「いらねぇ」

顔を伏せた大輔は、引き上げられるままに腰を突き出す。

屈辱でしかない体勢なのに、心はざわざわと騒ぎ、それが期待感だと無理やりに自覚させられる。もっと悲惨なのは、ねじ込まれたそれが、ずくりと道を開く瞬間だ。

「うっ……ん」

びりびりっと腰下に痺れが走る。遅れてぞくぞくっと肌が震え、想像していた通りの快感の中へ突き落とされた。

「あっ……ぅ」

「三宅さん。ひどいな、これ。……感じまくってんじゃん。どうする？　きつく、突き上げてやろうか」

「……やめ…っ…」

喉《のど》の奥がひくひくと震え、大輔は首を振った。そうやって動くだけで、粘膜が田辺とこすれて、むずがゆいような快感が湧《わ》く。

両腰を摑まれながら突き上げられる快感を思い出し、大輔の目は知らず知らずに潤む。

「離れの宿にすればよかったな。思う存分、泣かせてやれたのに。ちょっと我慢して」

柔らかな声で諭してきた田辺が腰を引く。

「あっ、あぁんっ！」

ずるっと肉が動き、大輔は声をあげた。止めようとしてもできず、苦笑いをこぼす田辺がバスタオルで拭《ふ》いた手を後ろから回してくる。くちびるを触られた大輔は、両肘を伸ばして、背中をそらす。

「うっ……ふぅッ……」

静かに揺すり上げられ、塞《ふさ》がれた口から息が漏れる。

「んーー、んっ」

「ヤバい……。なんで、あんたは、そんな……」

くそっ、と悪態をついた田辺は控えめな腰つきをあきらめ、一度抜いてから、浴衣を脱いだ。

大輔を仰向けにして、腰を引き寄せる。それから、くしゃくしゃに丸めた浴衣を押しつけてきた。

「噛んでて。俺、止まらないから」

「……無理。嫌だ……無理」

「無理じゃねぇだろ」

田辺に言われ、大輔は無言で首を振った。自分の身体がどうなるか、それはもうわかっている。息を吸い込み、

「てめぇなんだぞ。こんなふうにしたのは！」

思わず怒鳴りつける。田辺が眉根を引き絞った。

「わかってるよ……。けど……」

田辺のいきり立ったものが、大輔の肌にこすれる。その硬さから想像するに、よほどの興奮状態だ。

「ひどいのは俺じゃないだろ」

そう言った田辺は、丸めた浴衣を大輔の口元へ押しつけ、顔をしかめながら先端を押し込んでくる。肉が掻き分けられ、大輔は焦った。

挿入されるたびに慣れていく身体とは裏腹に、心は繊細に揺れ惑う。羞恥よりもせつなさが募り、やり過ごし方もわからずに、ただただ翻弄される。

「動くなっ……」

相手の腰を摑むと、田辺は一度だけ身体をとどめた。目を伏せ、静かに息を吐く。そして、深く吸い込んだ。

「嫌だ」

眼鏡をかけていない目は、鋭いようでいてそうでもない。特に、大輔にのしかかるときは。

初めて会ったときの、警戒心を押し隠した視線を思い出し、それとはまるで違う田辺の目に気づく。代わりに在るのは、強い欲求だった。

大輔をまっすぐに見つめ、そして、心の奥底を暴こうとする。

なのに、それも肝心なところでは、うやむやになって消えてしまうのだ。

「口の中に入れて、奥歯で噛んで」

ぐいぐい布地を口の中に押し込まれ、言葉も奪われる。大輔は視線だけをさまよわせた。

「三宅さん。俺を見てて。あんたの中に、もう一回、入るから」

ぐっと重みがかかり、また切っ先に開かれる。

「んっ」

言われるままに、田辺を睨んだ。奥歯で布地を嚙み、身体の芯《しん》を震わせる感情に抵抗した。

「もっと優しく見つめてくれねぇの？　あんたの中に入る、唯一の男だろ。この中、俺しか知らないから、俺の形になってんだよ……。な？　痛くないだろ？　気持ちいい？」

何も感じられなかった。田辺がどこをこすっているのかも、理解できない。ただただ、大きな波が打ち寄せてきて、それが身体中の神経を逆撫でしていく。

「んんっ。んんっ」

開いた足を突っ張って、大輔は身悶《みもだ》えた。逃げようとした腰が引き寄せられ、抜き差しが始まる。

「あんたがグズグズによがるなんて、誰にも言うつもりねぇから。俺だけの、あんただ」

ズン、ズンと、奥を穿《うが》ってくる田辺の額に汗が浮かぶ。

「足、俺の肩にかけてくれる？」

促されるままにすると、田辺は顔のそばに置いたくるぶしに軽く歯を立てた。

「締まる……」

ハハッと笑われても、恥ずかしさはなかった。からかっているんじゃないとわかっているからだ。

自分のキスに反応を返す身体を喜ばれ、大輔は複雑な気分になる。自分だけが行為の中で、遠く置き去りにされるような気がした。

「んっ、んっ」

くぐもった自分の声に甘える響きを聞き取り、いっそいつものように前後不覚にまで追い込まれたくなる。

言葉では伝えられないそれが、呻く声でならたやすく通じた。田辺の手が浴衣地の下に潜り込み、肌を撫でるようにして大輔の乳首を探りあてる。

ぎゅっと痛いほどにひねられ、大輔は思わず目をつぶった。

なおもこねられ、押し込まれ、ときに優しく弾《はじ》かれる。大輔はされるがままに反応した。

肩をすくめ、背を丸め、喉の奥から声を出す。

「三宅さん。乳首にキスするのと、くちびるにキスするのと、どっちがいい」

「んっ……」

「答えられる？」

ずるっと布地を引き抜かれ、大輔は大きく息を吸い込んだ。

「もっ……終われ……」

そう言った先から、田辺は顔を伏せた。乳首に吸いつかれ、肩に乗せていた足が布団の上に落ちる。

「くぅっ……」

きゅっと吸われ、舌でころころと転がされる。それと同時に、田辺は腰も動かした。ずんずんと奥を突かれ、大輔は内腿《うちもも》に力を入れる。

そうしてなければ腰が砕けそうで、砕けたら最後だと思う。

何が最後なのかは不明でも、恐怖心だけははっきりとしている。

「あっ……あっ」

喘《あえ》ぎながら、田辺の腕を摑んだ。それから、肌をなぞっていく。その手を田辺が誘導した。自分自身の屹立《きつりつ》に添えられ、大輔は眉をひそめながら握る。

「声、いいの？」

田辺に言われて泣きたくなる。我慢しないでいいわけがない。

だけど、今は快感を追いたかった。ぎっしりと穴を埋める肉の硬さが動くたび、焦《じ》れた心が悲鳴をあげる。

「イきたっ……」

「もっと、ちゃんとおねだりしてよ。知ってるだろ？　俺があんたに、どれほど優しくしてるか」

「……中、こすって……イかせてっ、くれ……。もっ、イきたっ、ぃ……」

笑った田辺の顔から汗が一粒滑り落ちる。それが顔に当たっても、大輔は気持ち悪いと思わなかった。

「いいよ。でも、やっぱり、これはくわえてような？　すごく気持ちいいピストンでイかせてやるから」

濡れていない場所を選び、田辺はまた大輔の口に浴衣を詰め込んだ。それから、膝の裏に腕を通し、ぐいっと押し上げる。

「んっ……！」

ずるっと抜かれ、腰のせつなさが尾を引いた。寂しくなるような喪失感に怯えた大輔が、あらぬ感情に気がつくより早く田辺は腰を戻してくる。

さっきよりも深い場所をえぐられ、大輔は呻く。鼻から抜いた息が乱れ、部屋に満ちたテレビの音と混じった。

「ふっ、んっ……ん、ん。んーっ、ん、んっ」

激しく突き上げられ、大輔は奥歯で布を噛んだ。田辺が動くたびにけだるい快感が生まれ、腰がじんじんと痺れてくる。

たまらず視線を向けると、田辺と目が合った。

いつから見つめていたのか、それさえも考えられず、大輔は目を閉じてあごをそらした。

「ほんっと、あんたには参るよ……」

田辺が浴衣を引いた。解放されたくちびるに顔が近づき、大輔は片手でぐいっと引き寄せる。互いのくちびるが重なり、渇きを潤す勢いで舌を突き出した。

「いくっ……、いくっ……」

乱暴なキスをしながら、大輔は喚《わめ》いた。

腰が引きつれ、屹立が脈打った。かぶせたコンドームの先へと、溜め込まれた欲望が飛び出していく。

「……で、出た……」

大輔が、息もたえだえに言う。

「まぁ、たっぷりとな。っていうか、俺より先にイくなよ」

「おまえ、イッただろ？」

「勝手にイッたことにするなって」

「んっ」

田辺が腰を引き、ぞわぞわと肌に痺れが走る。先端がずるっと抜け、

「やっぱ……、イッたんだろ……」

大輔は、整わない息のままで口にする。でも、それは身勝手な勘違いだ。

「生でさせて」

自分のコンドームをはずした田辺が、有無を言わせない勢いで腰を合わせてきた。

「は？」

思わず身をよじったが、逃げることはできなかった。

「殺す」

「腹上死はちょっと」

「なに、はずしてんだよ」

「生でしたい。三宅さんが、俺の匂いを忘れないようにマーキングしたい」

「意味がわかんねぇ。やめろ、いやだ」

「とか言って、腰が反っちゃうあたり、慣れすぎじゃねぇの？　エロいんだよ。な？　いい子だから、俺のミルク、たっぷり飲んでよ」

「ミルクとか……、言うな。ボケが」

「じゃあ、なんて言う？　スペルマ？　ザーメン？　おチンポ汁？」

「……萎えるわ」

「それは、出したからだろ。いちゃいちゃは、また後で。挿《い》れるから」

言いたいことは山ほどある。なのに、そのどれもが、頭からすっぽ抜けた。

薄皮越しじゃない生の田辺で貫かれ、目の前に火花が散る。肉の奔放さが、内壁をダイレクトにこすった。

「あっ、……バカッ……」

「熱いな、三宅さん。すげぇ、熱くて居心地がいい」

「やめろって。抜けよ。つけろ。バカ！」

「奥に出されたら、妊娠しちゃいそう？　うっかり、しちゃってもいいよ。責任取るから。ね？」

ぐいぐいと腰を振りながら、田辺はふざけたことを言う。その顔から次第に笑みが消え、大輔も喘ぐことしかできなくなった。

声をこらえるために浴衣を探す手が押さえられ、ふくらみのない胸をまさぐられる。

「うっ……、んっ。あぁっ、あぁ……」

「あぁ、イキそう。もっと絞ってよ。三宅さん。もっと、俺のこと欲しがって。エロい腰つき、できるだろ？」

「あっ、あっ、……あっ」

甘い声でささやかれ、動かしたくもないのに腰がよじれる。

「このときだけだな。あんたが、俺のこと考えるの……」

何を言われているのか、理解できなかった。

おそらく、自分はこの男の言葉すべてを否定している。そう思いながら、止められなくなった腰を揺らした。中をこすられる快感に目を閉じ、覆いかぶさるようにキスしてくる男の舌へと自分から吸いついた。

「田辺、中は、イヤだ」

自分の喘ぎと、激しいキスで声が刻まれる。それでも訴えた。

「我慢してよ。いい子だから」

「いやだ……いや」

ひとつだけとはいえ、年下の田辺から『いい子』と言われるたび、大輔はたまらない気持ちになる。褒め言葉とは思えない。初めはからかいだったはずだ。

だけど今は、ひどく甘いささやきになる。口にしている田辺にも、その理由はわからないに違いない。

なぜ、こうして重なり合うのか、わかりたくないのと同じだ。

何もかもがあやふやならと、互いが思っている。すべてはそれだけのことに過ぎない。

快感だけを欲しがる子供の遊びのようなものに、確たる答えなんてあるはずがないのだ。

「た、なべ……っ」

腰の動きが荒くなり、田辺も終わるのだとわかった。挿入を少しでも浅くしようともがいても、しっかりとかけられた体重のせいで腰を揺する程度の抵抗しかできない。

低い呻きがくちびるに流し込まれ、大輔は相手の肩を一度だけ強く殴りつけた。

身体の奥に、男の体液が撒き散らされる。ぴったりと合わさった田辺の下半身が放出のたびにびくっびくっと揺れ、大輔はぐっと奥歯を噛んだ。

「怒るなよ……」

悪いとも言わない田辺が眉を寄せる。大輔は睨むのをやめて顔を背けた。

「トイレ、行く」

「手伝うから」

「……っざけんな。嫌だって言っただろ」

田辺の手を乱暴に振り払い、そんな条件の通用する仲でもないと思う。嫌だと言っても、押さえつけられて動けない自分が悪いのだ。

「足元あぶないだろ。トイレまではついていくから」

大輔の中から出た田辺に手を差し出され、イヤイヤながらに掴まって立ち上がる。強がって拒否しても、一歩踏み出して転げたら格好がつかない。

「なぁ、もう一回だけ、キスさせて」

トイレのドアを開けた状態で肩を掴まれ、大輔の我慢も限界だった。思いっきりの頭突きで相手を沈ませ、ドアの内カギをかける。

「何がキスだ……」

頭を掻きむしりながら、重く深いため息をついた。

トイレから出ると、田辺は部屋の外にいた。浴衣で室外露天風呂のそばに立ち、こちらには背を向けて携帯電話を耳に押し当てている。

組から連絡でもあったのだろう。大輔はボクサーパンツを穿き、肌着を着たついでに、乱れ箱の中からもう一枚残っていた浴衣を引っ張り出す。サイズが小さかったが、濡れているのをもう一度着るよりはマシだと思う。

袖を通して、帯を結び、窓際の椅子に座って煙草へ火をつけた。灰皿のそばに置かれた携帯電話が目に入り、肩越しに田辺を見る。

二個持ちだとは知らなかった。あっちが仕事用だとしたら、こっちはプライベート用だろう。パスワードでロックがかかっていると想像したが、ついさっきまで触っていたらしくあっさりと起動する。

画面には写真アルバムのアプリが開いていて、ずらりと人の顔が並んでいた。初めてのときを除いて、ハメ撮りされた覚えはないが、それでもひやりとする。

だけど、そこにいたのは、自分ではない男だった。ハメ撮りなんていかがわしいものでもない。

ずるりと椅子に沈み込み、適当に写真を選んだ。

小さな四角形ではよく見えなかったが、拡大して見るとかなりの美形だとわかる。

男だと思ったのは勘違いで、相手はホステスなのか、派手なドレス姿の写真が混じっている。化粧をした姿は凛々《りり》しい美人だ。目元がきりっとしていて、流し目がどことなく艶《つや》めいて色っぽい。

「どっちだ、これ」

口からつぶやきが漏れたのは、写真の人物の性別を判別しかねたからだ。

かなりの枚数があって、どれも同じ女だ。でも、化粧をしていない姿は男にも見える。ニューハーフというには、女の名残はなく、さっぱりとしていた。

そして、何枚目かに寝顔があった。ソファで丸くなっている遠景が一枚。次は顔に寄った一枚だ。眼鏡をかけているが、レンズ越しの閉じたまぶたには、びっしりとまつ毛が生えている。

相手を知らない大輔が見ても、守りたくなるようなあどけなさがあった。

キスでもしたら、まぶたが開いて、お姫様よろしく微笑んでくれるんじゃないかと思う。

それはすごく魅力的だろう。

笑っている写真は一枚もなかったが、じゅうぶんに想像できる。

「はい。わかってます。その件は、ちゃんと手を打ちます」

田辺の声がして、肩越しに伸びてきた手に、携帯電話をするりと抜かれる。怒るでも責めるでもなく、田辺はそのまま外へ戻っていく。大輔は振り返る気にもならなかった。

煙草のケースとライターを摑み、自分の携帯を探して、ふらりと部屋を出る。

「だよなぁ……」

海沿いの道で、煙草に火をつけた。

焦りもせずに携帯電話を取り返した田辺の冷静さを思い出し、口をつける気にもならない煙草をぼんやりと眺める。波音が遠く聞こえ、自分のくちびるからこぼれるため息を自嘲《じちょう》した。

誰かがいるだろうと思わなかったわけじゃない。

だけど、誰かの代わりに抱かれている気がしたこともなかった。

それでもやっぱり、田辺の心の中には、写真の中にいた男が棲《す》んでいるのだろう。大輔がときどき倫子を思い出すような乾いた気持ちとは、きっと違っている。

やっと煙を吸い込み、ふっと短く吐いた。堤防にもたれ、暗い海を見るともなく見る。

手元の携帯電話をいじって、倫子の番号を出した。声が聞きたいような気分でコールしたが、いつまで経っても電話は繫がらない。それはそうだ。家族だ、夫婦だ、と文字面にこだわっているのは大輔だけだった。

倫子の心はもうずっと前に離れていて、この先も大輔のもとに戻ることはない。

それは、朝に見た表情からもよくわかった。

「黙って出ていくなよ。帰ったかと思うだろ」

背中からかかる声に応えずにいると、浴衣に丹前を着た田辺が隣に並んでくる。携帯電話を覗き込まれた。

「俺に抱かれて嫁が恋しくなるって、それ、どういうの？」

指先が、かけっぱなしだった電話を切る。続けて、電源も落としてしまう。

それを横目で眺めた大輔は力なく答えた。

「男に戻りたくなるんだよ」

「俺の下にいても、あんたは男だけどな。ビンビンに反ってんじゃん」

「てめぇに言われたくない。いちいちゲスいんだよ」

「アニキの影響だろうな」

笑った田辺は、一口くれと言って大輔の手首を摑む。指から煙草がぽろっと落ちた。

「あんた……」

「ごめん。まだあるから」

「そういう意味じゃねぇよ。あ、これ」

大輔を軽く睨んだ田辺は、自分が小脇《こわき》に抱えていた丹前を差し出してきた。

「あー、マジで。どうも」

少しずつ肌寒さを感じていたところだった大輔が受け取ると、おもむろに肘を摑まれた。

「俺があんなに温めてやったのに」

「……ここでキスしたら、マジで殴るぞ。あれは汗をかいただけだっつーの。おまえとヤッても、心が寒いんだよ」

「おー、詩的。かっこいい」

「ふっざけんな」

脛を蹴る振りをすると、浴衣の田辺が笑いながら飛びすさった。新しい煙草に火をつけた大輔は、何気なく聞く。

「さっきの電話、誰」

「ん？　あぁ、アニキぃ……」

「いや、まぁ……、何の悪巧み？」

そっちの電話じゃないと言いかけてやめた。写真の男が誰かなんて、聞いても意味がない。

「適当に言い訳して出てきたからさ。どこの女と一緒だって、うるさいの、なんの……」

「そんなとこまで口出してくんの？」

「来るよ。っていうか、うっかりしたら片っ端から寝取られる」

「なんだよ、それ」

「まぁ、だいたいは、俺らがアニキのお古と付き合っちゃうんだけどね」

「……仕込むのが上手いんだってな」

「そういう次元じゃないんだよなぁ。マジですげぇから。男の方見てて勃起するってないだろ」

「おまえがホモなだけじゃねぇの？」

「そういうことにすれば、ちょっとは気が楽になんの？」

「はぁ？　何それ。ホモにつきまとわれてんのに、楽になんかなんねぇよ。おまえも俺なんかにこだわってねぇで、よくよく仕込まれた女とサカってろよ。あー、そっか。さっきの写真の男か。本命だろ？」

大輔の手から今度こそ煙草を取り、口にくわえた田辺がにやりと笑う。

「あれはあんた、単なるチンピラだよ。仕事仲間。美人局《つつもたせ》の引っかけ役で……」

「なんだよ、その顔」

「嫉妬でもしてくれてんのかなって思って」

「するわけねぇだろ。誰の代わりに突っ込んでんのかわかって、ホッとしたんだよ。おまえも、案外、かわいいところあるよな。手ェ出してねぇんだろ。まぁ、わかる……」

「何をわかってんだか。それ全部、あんたの妄想だよ」

「どうして。あぁいうタイプの美人を想像してるから、ちやほやした抱き方するんだろ」

「……それは」

と、言いかけて田辺が黙る。的を射たと大輔は喜び勇んだ。

指先で田辺の肩をつつき、へらへら笑いながら顔を覗き込む。

「当たりだろ？」

「はずれてはないけど」

ちやほや抱いてるのはな、と小声でつぶやき、煙草をふかした田辺は髪を掻き上げる。

「うちのアニキは女衒だ何だって言われてるだろ？　そういうかわいい次元じゃないから。人を人と思ってないんだよな。殺伐としてるよ。なんか失敗をすると、人前で女を抱かされるしさ」

「おまえも？」

「例外なわけないだろ。あの人の前でセックスしていると、自分が発情期の犬だと思われてる気がする。……インポになったやつもいるし……、まぁ、そうなったら縁切られるけど。俺は女転がすのに向いてないと思われたらしくて、こっちのシノギをやってんだけどさ。うちの花形は、ガンガン女抱き潰せるヤツなんだよな」

「そっちがよかったんじゃねぇの？　向いてんじゃん」

「失格って烙印《らくいん》は、わりに傷ついたな」

「あー、そっちね」

新しい煙草をケースから抜くと、田辺が吸っていた煙草を地面に落とす。草履で揉み消してから、ライターを手に取った。大輔は向けられた火をもらう。

田辺も新しい煙草を指に挟み、自分で火をつけた。

二人でしばらく、夜の中に紛れた海を見る。明るく照らすほどの灯《あか》りもない。

寂しさを誘うような潮騒《しおさい》に耳を澄まし、煙草の煙だけを空へ流した。やがて、田辺が口を開く。

「コマシだとかなんだとか言われてるけど、あの人はすごいよ。今のままで終わる人じゃない」

どんな鬼畜な男でも、田辺にとっての岩下は憧《あこが》れであり、尊敬の対象なのだろう。口調に興奮が混じる。

「金はさ、バカみたいにあるよ。岡崎さんを若頭にするのにも億の金をバラ撒いたし。でも、金をやれば黙るってもんでもない。そこを黙らせただろ。手腕だよ。やるってなったら、やるんだ……」

「惚《ほ》れてんだな」

「惚れてない男の下につかないだろ。あのさぁ、三宅さん。……アニキは次の若頭にはならねぇよ」

「は？　おまえ、近づくなよ」

「ちょっとだけ。寒いからさぁ……」

丹前を羽織っているくせに、大輔の背中へ回り、腰に腕を回してくる。車も通らなければ人もいない。でも、街灯はついている。大輔は居心地悪く身をよじったが、背中を抱かれる温かさに負けた。

　意外なほど、ほっこりとした熱が伝わってくる。

「三宅さん。今のネタ、大事に使ってくださいよ。子供みたいに見せびらかしたりしないで、ここんとこにしまっといて」

　田辺の手が浴衣の合わせに忍び込み、そっと胸を揉んでくる。大輔はされるに任せ、煙草を吸った。

　確かに、震えが来るほどの特ダネだ。頭に入っているのとないのとでは、大きな開きがあるだろう。

「おまえ、こんなこと言っていいのか」

　正直に聞くと、田辺は耳元で笑った。

「聞いたのは、あんただろ」

「けど」

「だから、大事にしてくれって言ってんだよ。っていうか、俺とヤったすぐ後で嫁に電話してんじゃないよ。浮気されて、それでもまだ好きとか？　そういう感じ？」

「……うるせぇよ」

「浮気するのは、した方が悪いんだから」

「おまえが言うな」

「あぁ、この関係？　浮気とか思ってくれるんだ。嬉しいかも」

「気持ち悪いんだよ」

「あんなによがってたくせに」

振り向いて肩を殴ると、背中が堤防に当たった。両手に閉じ込められる。

「刑事だから、別れないのか」

「なに？」

「三宅さんって正義感の塊みたいなところがあるから。結婚が早かったのも、義務感だったって言ってただろ」

「そんな話、おまえにしたっけ？　したか……。変なこと、よく覚えてるよな」

男なら身を固めるのが当然だから、それが早ければ、落ち着いて仕事に打ち込めると考えていたのだ。

「義務感で続ける結婚なんて意味がない」

田辺の言葉に、失敗した今ならうなずける。でも、四年前の大輔には無理だろう。

「あいつが別れたいって言えば、別れる。そうじゃないなら」

「まだ自分が必要とされてるって思うわけだ」

「悪いか」

腕に閉じ込められたまま煙草をふかすと、二人の間に紫煙がくゆる。曇る視界の向こうで、田辺が眉をひそめた。

「悪ぃ。……ここにも、あんたを必要としてる人間がいるのに」

「おまえは都合のいいケツを必要としてるだけだろ」

「俺にはエグいって言うくせに。こう言うときは、あけすけだよな」

田辺の顔が近づいてくる。

「焼くぞ」

煙草をちらつかせて笑うと、指から引き抜かれた。

「あんた、ちょっとは俺の言葉を理解しような？」

「ヤクザのペテン師が言うことなんか、万にひとつも真に受けるか。バーカ」

「……部屋戻ってさ。露天風呂でヤんない？　約束通り、しっぽりと」

「何の約束だよ」

キスがくちびるに当たる。それを受け入れてしまう自分のうかつさを、大輔はあえて考えないようにした。

どうせ、自分に向けられた感情じゃない。すべては身体を通り過ぎ、自分とは似ても似つかない、見た目のきれいな男へ流れていくのだ。

「おまえのアニキへの繋ぎ、忘れんなよ」

「ヤクザのペテン師に念押しするってさ、どうかしてるよ」

「んっ……」

ぐっと踏み込まれ、大輔は身を引いた。

風が吹いて、潮の匂いがして、何もかもがどうでもよくなる。

田辺の首筋に手を回し、引き寄せるでもなくキスを続けた。

＊＊＊

くちびるを触れ合わせる感覚というのは不思議なもので、忘れたつもりになっていても、あるときふいに甦る。

柔らかな感触よりはむしろ、濃厚で下世話な舌先の味の方が鮮明で、大輔も何度となく苦虫を噛み潰した。思い出したくもない相手しか自分にはいないのだと思うと、いっそのこと風俗にでも行ってやりたくなる。でも、職業柄、無理だ。

その日も、所属する部署の部屋を出る間際に思い出し、一瞬だけ歩みを止めた。その肩をバシンと叩かれ、西島に顔を覗き込まれる。

「若いのが、何を疲れてんだ。百万年早ぇぞ」

「すみません……」

素直にうなだれたのは、男とのキスを思い出した直後の顔を見られたくなかったからだ。

なおかつ、西島のいかつい顔も見たくない。

「大丈夫か？　熱でもあるなら、さっさと帰って寝ろよ」

「そうします」

頭を下げた大輔とすれ違った西島が、しばらくして後を追ってきた。

「あの話、どうなってる。どうも、安原《やすはら》たちの組も接触を狙ってるって話だからよ」

廊下の端に寄って、小声で切り出される。

「そうなんですか。まずいですね。約束はできてるんで、急《せ》かします」

「まぁ、あんまり無理するな。俺はさ、安原たちにババをひかせたっていいと思ってんだ」

「そうなんですか」

意外な一言だった。部署内で同じ相手に対して、別方向から探りを入れないのは暗黙のルールだ。幹部クラス相手ならなおさらで、行き違いは足並みの乱れを引き起こす。

いまや大物の一人になりつつある岩下は、手柄を狙うデカたちの注目の的で、西島も我先に食いつきたいクチだと大輔は思っていた。

「あの男はなぁ……。キナ臭ぇんだよ。急かす必要はないから、おまえはとりあえず休め」

「西島さんがそう言うならいいんですけど」

田辺から聞いたことが脳裏をよぎり、大輔はごくりと生唾《なまつば》を飲んだ。あのネタだけは西島にも言えない。嘘なら困るが、本当でも扱いづらい。

「呼び止めて悪かったな。お疲れ」

肩をポンッと叩かれ、大輔は解放される。

しばらくはいかり肩の背中を見送り、首をすくめながら階段へ向かった。キナ臭いと思うのは、岩下の情報や噂を並べてみた結果から来る西島の勘だろう。

それがあながち間違ってもいないことは、田辺にも繰り返し聞かされた。岩下は、単なる女衒上がりでも、金にものを言わせている成金でもない。

外へ出て、大輔は大通りでタクシーを止める。乗り込んですぐに時計を確認したが、約束の時間まではまだ余裕があった。

実在する友人の名前を騙《かた》った電話は、若い男からだった。そんなことをするのは、ヤクザの関係者に決まっている。タレコミたいのか、取引を持ちかけたいのか。どちらにしても指名を受けるほど自分の名が売れているとは思えなかった。

隣町にある喫茶店の場所を告げて切れた電話を思い出し、大輔は胸の前で両腕を組んだ。

田辺と旅行へ行ってから一ヶ月。どちらからも連絡はしていない。そろそろ岩下への繋ぎをせっつくつもりでいたが、西島からの言葉でそれも必要なくなった。もしかしたら、このまま、田辺と会わずに済むかもしれないと思う。

暗くなった窓の景色を目で追い、なんとはなくこみあげてくる痛みに眉をひそめた。

会いたいと思ったことは一度もない。それなのに、会う必要がなくなるのは寂しいのだ。

海風が吹き抜ける崖の上で立っていた田辺を思い出し、その端整な顔立ちを憎らしく感じる。

手を貸せと言えば、素直に手を伸ばしてきた。

ぐっと握りしめられた瞬間の記憶に、大輔の手はじんわりと汗をかく。指を握り込んで、目を伏せた。

あのとき、これで大丈夫だと、心のどこかが安堵《あんど》した。風が田辺をさらって、自分の前から消し去ることはないと、そんなことを思う気持ちがあったのだ。

好きとか嫌いとか、そんなことじゃないだろう。セックスの意味も、関係ない。

田辺の心に誰かが棲んでいると知ったときも、本気でホッとした。言葉や行動のすべてが偽りなら、安心できると思った。

これ以上、深みにはまらなくて済むと、たぶん、そう思ったから……。

タクシーが止まり、金を払って外へ出る。

冷たい風が吹き抜け、夜はもう冬のようだ。大輔は肩をすくめながら辺りを見回した。

初めて来る場所だが、大通りからそれているのと企業ビルが立ち並んでいるせいで人通りが少ない。昼間なら、また違った雰囲気だろう。

古びた看板の喫茶店の窓には、昭和の匂いがするレースのカーテンがかかっていた。カフェカーテンなんてシャレたものじゃない。隙間からは淡いオレンジの光が漏れている。汗の引いた手のひらをじっと見つめた大輔は、ジャケットの裾に何回もこすりつけ、大きく息を吸い込んだ。

デカの顔に戻ろうと努め、心のどこかにひっかかり続けている田辺を遠く押しやって忘れる。それは今日に限ったことじゃなかった。関係を持ってから一年と少し。なんで自分なんだと問うことのくだらなさと戦い続けてきた。

意味なんかないとわかっている。気まぐれと、相性と、快感。それだけの駆け引きだ。田辺は甘い言葉を並べ立て、大輔はそれを片っ端から突っぱねる。

あれは戯れだ。男と女の真似事《まねごと》でさえない。

扉に手をかけると、上部につけられた鈴《ベル》がカランカランと鳴り、さして広くない店の奥で一人の男が立ち上がった。地味なスーツに、控え目な色のネクタイ。

まるで保険外商だと思い、もしかすると、そっちの方がもう少しカッコがついているかもしれないと思い直す。目の前の男は、いいところ、浄水器の押し売りだ。

客は、あと二組いて、新聞を読んでいる老人と、スパゲティを食べながらコミックを読んでいる若い男。さりげなくその二人を見ながら奥へ行くと、スーツの男は慣れた仕草で頭をさげた。浄水器の押し売りもやっぱり違うと大輔は考え直した。

礼儀正しく躾《しつ》けられているのは、大滝組だからだろう。有象無象な組全体はともかく、直系本家は昔ながらの任侠道《にんきょうどう》を恥ずかしげもなく前面に押し出している。どんなにチンピラな格好をしていても、挨拶《あいさつ》をさせれば、その辺りの若手サラリーマンよりもきっちりと礼儀を心得ていたりするのだ。

目の前の男もそうだった。

一礼の後で向けられた視線も穏やかで、ヤクザからの呼び出しというよりはむしろ、ヤクザ絡みの相談を持ちかけてくるカタギの男の印象だ。ただ、あまりにも落ち着きすぎていて、その設定も宙に浮く。

「ご足労願いまして申し訳ありません。コーヒーでも」

「話って何でしょう？　保険には入りませんよ」

大輔に対してはアレな田辺も、他では礼儀を心得るのだろうと想像しながら、勧められるままにソファへ座る。

若い男は苦笑いをしながらジャケットの内ポケットを探った。

「まぁ、話を聞くだけでも。……僕は、こちらに所属していまして。岡村といいます」

テーブルの上に置かれたのは、一枚の名刺だった。

そこに書かれた文字を目にした大輔は、言葉もなく視線を跳ねあげた。直後、手を伸ばしたが、触れる前に名刺は引き戻される。

そこに書かれていたのは、岩下周平の名前と、所属する組と役職。もちろん『大滝組』『若頭補佐』だ。

そして、大滝組の代紋が、金色で箔押《はくお》しされていた。暴対法ができてから、ほとんど配られることのなくなったヤクザの名刺は、それだけに、手にした者には破格の箔をつける。偽造して配ろうものなら、大滝組内に一斉通知が回り、地獄の果てまで追われるのだ。

だからこそ、その一枚には信憑性《しんぴょうせい》があった。

「一度、会って話がしたいと……。そちらのご都合はどうでしょう」

「オレと、ですか」

聞くまでもないことだったが、あまりのことに気が動転した。

田辺が動いてくれていたのかと思い、携帯電話を取り出す。

「それは、ちょっと」

どこへかけると思ったのか、押しとどめてきた男が眉をひそめた。

「あんた、カバン持ちだよな」

「まだ名前は売れてませんが、よろしくお願いします」

「俺とよろしくしてどうするんだよ」

軽口で返したが、相手の言わんとしたことに気づいて、視線をきつくした。

よろしくしたいのは、兄貴分なのだろう。マル暴の新しい窓口として、白羽の矢が立ったのだ。

理由はいくつも考えられた。御しやすい若さと、先輩である西島の存在。それから、田辺との付き合い。

「ご存知かと思いますが、こちらもいろいろとありまして。あまり大っぴらには……」

「それはこっちだって同じですよ。呼び出されて、ホイホイ行けるわけが」

「だから、こうして内密にお呼び立てしたんです。面を通しておくだけでもかまいません。そちらにとっても、悪い話じゃないでしょう。今後の動向を探ろうと、お仲間は忙しそうですし」

安原たちのことだろう。岡村の言い方からすると、かなり強引に食い込もうとしているらしい。

「場所は」

迷いながらも、大輔は話を進めた。

「湾岸に新しくできたクラブをご存知ですか」

「あぁ、踊る方の……」

バブル期を彷彿《ほうふつ》とさせる大型のハコだ。期間限定で開店していて、週末は人が押し寄せるのだと聞く。

「行きませんか」

岡村は絶妙な話し方をする。それはどこか、田辺とも似ていた。あっちはもっと砕けた物言いだが、さりげなさに同じ匂いがする。要するに、どちらも一人の男の影響を受けている。

田辺が恐れながらも崇《あが》め、西島がキナ臭いと警戒する男。大滝組直系本家の新しい若頭補佐・岩下周平だ。

「踊りは苦手なんだけど」

そう答えると、岡村は千円札をテーブルに置いて立ち上がった。

「何なら得意なんですか」

四角張った慇懃《いんぎん》さから肩の力が抜け、後に続いて立った大輔も世間話に応じる気になった。

「んー。車の運転かな」

「残念ですが、キーは預けられないですよ」

促されて外へ出ると、タクシーが止まっていたのと同じ場所で車が待機していた。運転手がすでに乗っている。

闇《やみ》に溶け込みそうな黒塗りのセダンを目の前にして、大輔は内心でだけたじろいだ。自分一人でやくざと対峙《たいじ》したことが、ないわけじゃない。

でも、それは二次団体三次団体のチンピラたちだ。幹部とサシで話をするのは初めてのことだった。

岡村の開くドアの向こうに異世界を感じ、大輔は物腰の柔らかさに騙され、相手の思惑に乗せられたのだと悟る。いまさら逃げ出せないが、それほど悪いことにもならないだろうとタカをくくった。乗りかかった船の大きさに戸惑いはしても、その船長を一目なりとも見てみたい好奇心に負ける。

田辺が惚れこむ岩下周平という男を、自分の目でも確かめたかった。だから、どうせ自分は若手のペーペーだと考えた。

最悪、西島が上にどやされ、二人して始末書を量産するだけのことだ。そう思った。


昔は『ディスコ』と呼ばれた類《たぐい》の『クラブ』は、平日とはいえ、それなりの人出だった。日本人よりも外国人が多く目につくのは、観光客を呼び込んでいるからだ。

それを目当てにしている若い日本人女性は、誰もがきれいに着飾っていた。薄暗さの中でもわかるぐらい、派手で化粧が濃く、自己主張が強そうだが、それが魅力的にも見える。

大音量で流れる音楽の中を泳ぐようにして、大輔はもの珍しい光景を観察しつつ岡村の背中を追っていく。

やがて、ＶＩＰと金文字で書かれた扉の前に出る。

扉を開けた向こうは、すぐには中が見えない造りになっていて、通路が右に曲がっていた。扉を閉じると、フロアの喧騒《けんそう》が遠のく。音楽はかかっているが、耳を押さえたくなるような音量ではなかった。

奥の部屋の入り口には床まであるカーテンがかかり、若い男が立っていた。岡村を見るなり中へ向かって声をかける。

「お連れしました」

先に入った岡村が直角に腰を曲げる。ヤクザも警察も変わらないと思いながら、大輔もまた呼び寄せられるままに部屋へ入った。

赤い壁でぐるりと囲まれた一室は、特殊だった。黒い天井と黒い床。圧迫感のない広さの中に、ベルベット生地の赤いソファが、これもまた赤い天板の、大きなテーブルの周りに置かれている。カラオケルームよりも格段にセンスがあり、そしてどこかケバケバしい。

その一画に、男はいた。

背後に控えていた若い男が、折りたたまれた新聞を受け取って下がる。

「お呼び立てして申し訳ない」

ジャケットのボタンを留めながら立ち上がった男は、それだけで威圧感があった。

ツヤのある柔らかな生地の三つ揃えは長身に添い、オールバックに掻き上げた髪と眼鏡がどうにもかっこいい。初めて真正面から見た大輔は、正直にそう思った。

足がすらりと長くて腰高で、近づいてくる身のこなしが洗練されている。ヤクザもここまできたら、マフィアと呼んだ方がいい。頭の中に、有名な映画音楽のフレーズが流れ、惚《ほう》けていた大輔は我に返った。岩下が、見つめてくる。

「三宅大輔さんで間違いないですね」

「……はい」

「岩下周平です」

「知ってます」

「じゃあ、話は早い」

岩下は、ふっと笑顔になる。柔らかくもないそれは、悪巧みしか感じさせないのに、妙な凄《すご》みがあり、どこか色めいている。

完全に呑まれた大輔は、勧められるままにソファへ沈んだ。

いつのまにか運ばれてきたビールを、岡村が床へ膝をついてテーブルに置く。

大輔はこれまで、ヤクザに対して優越感を持っていた。取り締まる側と、取り締まられる側。そんな思いがあったからだ。

だけど、岩下を目の前にして、自信が揺らいだ。

『キナ臭い』なんて言葉では片付けられない。岩下の視線にさらされていると、身体だけでなく心根まで値踏みされている気分だ。

自分よりも優れた男に対する劣等感に苛《さいな》まれて、考えまいとしても押し潰されそうになる。

「そう硬くならず……。それじゃ、まるで、僕が苛《いじ》めてるみたいじゃないですか」

『僕』と言ったのは、年下である大輔より自分を下に見せるためだろう。岩下が舎弟に目配せすると、派手な女たちが入ってきて、何も言われないうちから大輔の両隣につく。

絶妙にしなだれかかる女のバストが腕に押し当たり、目眩《めまい》がしそうなほどいい匂いが鼻先をくすぐった。男の部分がとっさに反応を見せ、大輔は慌てて息を呑んだ。なんとか、やり過ごす。でも、何事もないように振る舞うのは無理だった。

みっともなく喉が鳴り、消えてなくなりたい気分になる。

「きれいでしょう。妙な商売女じゃないですから、ご心配なく。個人的に連絡先を交換されても結構ですよ」

「いや、オレは結婚してるので」

「女友達の一人や二人、かまわないでしょう」

大輔のことなど調べつくしているはずの岩下は、感情のない目に上っ面だけの笑みを浮かべた。

「あなたは若手のホープだ。ご活躍の噂は、かねがね耳にしてます。ですから、仕事の邪魔をするつもりはありません」

耳触りのいい声は、まるで催眠術師のささやきだ。

大輔は、ヤクザに取り込まれようとしている自分を他人事《ひとごと》のように感じた。そして、西島に教えられたはずの防衛策を思い出そうともしない自分に、怒りさえ覚える。

岩下がテレビや映画の中の登場人物に思えるように、自分もまた、ひとつの役を演じているだけのように錯覚してしまう。

目の前に座った岩下が眼鏡を指先で押し上げた。そのささやかな仕草に痺れが走り、『新しいヤクザ』はこうあるべきなのかと遠い気持ちで考える。

固太りの角刈りが肩で風を切る姿も、原色のシャツで高級時計をこれ見よがしに見せつける姿も、今となっては笑いのテンプレだ。

だからこそ、仕立てのいい三つ揃えでひそやかに笑う姿は、背徳のヒーローだ。田辺がかけている伊達眼鏡の理由をいまさらに悟り、大輔は笑えないと思った。

明日にでも三つ揃えを仕立ててしまいそうな自分を否定できないからだ。

「これからは、若い人間の時代でしょう」

物静かな岩下の声で現実に引き戻される。

「あなたや、僕のような……。もし、困ったことがあれば、何でも相談してください」

金は積まれなかった。岩下が差し出すのは、一枚の名刺だ。

さっき岡村が喫茶店で見せた、金箔押しのそれだった。

キに滲む。

受け取れば、協力関係を承諾したことになる。大輔の背筋に悪寒が走った。嫌な汗がワキに滲む。

岩下との関係は、田辺との関係ほどフランクじゃないだろう。名刺一枚を受け取ったばかりに、転がり落ちていくのだ。女を抱き、金をもらい、初めのうちは見返りもなくチヤホヤされる。

放し飼いの犬だ。時が来れば首に縄がかけられ、逆らうことなどできなくなる。

田辺は大輔の情報源だ。しかし、岩下は大輔を情報源にしようとしている。それで済めばいい。そう、とっさに考えたのは、懲戒免職になったベテラン刑事の末路と、田辺が繰り返した忠告を思い出したからだ。

受け取れない。

大輔は、表情を固くした。なんとかして、名刺を受け取らずに帰る方法を考えなければならなかった。

わかりやすい接待ではなく、名刺一枚をちらつかせてくるのが、岩下のやり方なのだ。一番断りにくいやり方で、それとなくきっかけを作ろうとする。それを見抜けるほど、大輔の鼻はまだ訓練されていない。

だからこそ、危ないとわかっていて渡った橋を、渡り切るか、逃げ帰るかのふたつにひとつしかない。いまさら、あのときの誘いに乗らなければ、なんて。そんな後悔をするのは愚の骨頂だ。

手のひらが汗ばんで、ワキの下も濡れる。まぶたがひくひくと痙攣《けいれん》するのがわかり、大輔はテーブルの端を睨みつけた。

イチかバチか。帰ると宣言しよう。ダメなら、暴れるしかない。

そう決めた瞬間、部屋の中に携帯電話の電子音が響いた。

鳴ったのは岡村の携帯電話で、短いやり取りの後、耳から離して岩下へ近寄った。何やら耳打ちする。

岩下は困ったように頬を歪めた。それが苦笑になり、大輔はぞくっと背中を震わせた。

顔をしかめた岩下は言いようもなく色っぽい。

どこか乱雑に卑猥《ひわい》で、整然と冷めてもいる。

隣で寄り添う女も同じように感じたのだろう。豊満な身体がふわりと温かくなり、静かだった息遣いもにわかに生ぬるさを帯びる。

もう一人に至っては、内股《うちまた》で膝をこすり合わせた。

岡村が動き、カーテンの向こうに消える。すぐに、大輔の知っている声がした。

「あれは、俺のパイプだって言ってんだろ！」

カーテンがばさばさと音を立てる。中に入ってきた田辺は、大輔をちらりとだけ見た。

「岩下さん。この人は、俺のパイプなんです。時間をかけて構築した……」

「情報を売ってるんだろう?」

自分の正当性を訴える舎弟に、岩下は目を細めた。からかっているのだ。

冷たい視線を向けられた田辺は、怯《ひる》まずに胸を張った。

「うちの不利になることはしません。俺に任せてください」

「誰に、モノ言ってんだよ」

大輔の前で、岩下は初めてヤクザの顔を見せた。乱暴な物言いは、恐喝に慣れた大輔でさえひやりとさせる。

それなのに、田辺は冷たい視線の応酬にも耐え、頑強に自分のテリトリーを主張する。

普通のヤクザなら怒鳴りつけられて終わりだろうが、岩下と舎弟の関係は違っているらしい。視線をそらしたのは、岩下だった。

負けたというよりは、弟の頑固さに呆《あき》れた顔になる。

「三宅さん。僕の方は、どちらでもいいんですよ。いざというとき、それなりのことをしてもらえれば」

「……それなり、ですか」

「これからも大滝組の人事は動きます。あなた方に動くなとは言いません。そちらも仕事ですから。ただ、ときどき質問をさせていただきたい」

「オレは下っ端ですよ」

「ご謙遜を。でも、下っ端には下っ端の動き方があるでしょう」

この男は人の使い方をわかっている。一枚の名刺と同じだ。初めは無理を強いるのではなく、相手を持ち上げ、軽い気持ちでの交流を促す。そのために、上流階級めいた穏やかさで、まず相手を飲み込んでしまうのだ。

「その窓口は、今まで通り、この田辺にやらせます」

岩下の言葉を聞き、岡村がテーブルの名刺を回収した。と、同時に、田辺が大輔の腕を摑んでくる。

「送ります」

この男にしては珍しく、余裕がない。兄貴分に食ってかかったさっきまでの勢いが嘘のようだ。

「田辺」

岩下の呼びかけに、田辺はひどく動揺した。スーツ越しにもそれがわかり、大輔は二人を交互に見る。

「女をな、用意してるんだ。わかるだろう」

感情のない岩下の声が部屋に響く。激しいダンスミュージックの中でもはっきりと聞こえた。

「……アニキ、それは」

「三宅さん、好みのタイプはどちらです?」

「いや、オレは」

「もちろん、ハニートラップなんてことはしませんよ。ただ、座っていてください。岡村、右だけ残して、全員出せ。おまえもな」

「わかりました」

頭を下げた岡村は、大輔の右隣に座っていた女を促し、他の舎弟たちと一緒にカーテンの向こうに消える。フロアからの騒がしい音が漏れ聞こえたが、すぐに元の音量に戻った。

「田辺。観客を待たせるな」

岩下に言われ、田辺がジャケットを脱いだ。大輔の座るソファに投げ、ネクタイもはずす。

女の腕を摑んで立ち上がらせると、大輔の斜め向かいのソファへ押し倒した。初めから接待することを承知していたのだろう女はしどけなく足を開く。

それを見た大輔は驚いた。短いスカートの下はガーターベルトだけで下着を穿いていない。

田辺の手が女の胸を揉みしだき、大輔は視線をそらした。

喘ぐ女の声で、行為が進んでいるとわかる。甘くしどけない声がやがて弾み、くぐもった呻きになった。

身の置き場がなくて岩下を窺い見ると、自分がセックスを強要したことなど忘れたかのように、舎弟から受け取った経済新聞に目を向けていた。

平然と変わらない表情に、大輔は田辺の言葉を思い出す。

失敗したら、女を抱かされると言っていた。あの人にとって、自分たちのセックスなんて犬の繁殖行為程度だとも。

大輔の視線に気づいた岩下が顔をあげる。

眼鏡越しの冷酷な瞳《ひとみ》に射抜かれ、大輔はひくりと震えた。心の奥を覗き込まれ、睨みつけるのも忘れる。

田辺と大輔の関係を、この男は知っているのだ。そして、ケジメをつけさせている。

大輔は混乱した。胸の奥から嫌悪感が溢《あふ》れ、女が繰り返す嬌声《きょうせい》に苛立《いらだ》ち、やがて、それが田辺に泣かされる自分の痴態と重なり合う。

二人が繰り返してきたことと同じことを、田辺はしているのだ。大輔にとってはいまや、セックスの相手は田辺だけだ。でも、田辺はそうじゃない。

気まぐれや強要で、女を抱くのだ。大輔の乳首を摘まむ指で、女の乳房を掴み、大輔をえぐるのと同じもので女の身体を貫く。

頭の芯がきりきりと痛み、視線をさまよわせた大輔は、目の前に座る冷酷な女衒に、心のすべてを見透かされている事実に打ちのめされた。

瞬間、吐き気がこみあげる。

何も考えられずに部屋の隅まで逃げ、耐えきれずに嘔吐《おうと》した。うずくまった身体が痙攣して、壁を拳《こぶし》で叩く。

カーテンの向こうに控えていたのか、すぐにやってきた岡村に腕を掴まれた。

「素直に名刺をもらっておけばよかったんだ」

強引に身体を引き上げられ、部屋の外へ連れ出される。

「てめぇら、ヤクザは……」

トイレの洗面台で顔を洗った大輔が呻くと、岡村は「そうですね」と平静な声で言った。

微塵も動揺のない反応に、岩下の周りでは当たり前の行為なのだと思い知らされる。

「裏にタクシーを呼んであります。金は払ってますから、どうぞご自宅まで」

言われて、噛みつくように睨みつけた。

「そこまで調べてるってか！」

「仕事なんですよ」

「……あいつはどうなる」

「田辺ですか？　まぁ、上手く抱けばいいだけのことです。頭を使えば、あの程度の女ならすぐにイかせられる。あいつには、心配してたって伝えておきますよ。ちょっとは傷心も慰められるでしょう」

「ほっといてやれよ」

ぐったりと肩を落として、大輔は深いため息をつく。

「もしも相模湾《さがみわん》に浮きそうなら連絡くれ。ふやける前に引き上げる」

そう言うと、鏡に映る岡村は肩をすくめて笑った。

「いいですよ」

答える顔は、朴訥《ぼくとつ》としたサラリーマンだ。だけど、この男も岩下に命じられて、やりたくもないセックスを見せるのだろう。

狂ってると思うことも放棄して、大輔はもう一度だけ顔を洗った。

＊＊＊

田辺の死体が相模湾に浮くことはなく、そんな連絡も入らなかった。とはいえ、当の本人からもメールひとつない。

いつものように時間だけが過ぎたが、今回ばかりは大輔ものんきには構えていられなかった。

しつこく電話をかけ、三日目でようやく声を聴いた。思った以上に張りのある声が、安心よりも苛立ちを生み、会う約束を強引に取りつけた。

田辺は行かないと言ったが、そんなことはどうでもいい。呼び出せば来る。それは、いつものことだ。大輔もそうだった。

密談に使っているホテルはいくつかある。その中でも一番高級なホテルを選んだのは、落ち着いたバーがあり、田辺の好む雰囲気だったからだ。

窓際のソファ席で待っていると、約束よりも一時間遅れて田辺は現れた。

「だから、嫌だって言っただろ」

顔を見るなり絶句した大輔を前に、不機嫌な田辺は顔をしかめた。椅子に座るのを目で追うと、うんざりした表情で眼鏡をかけた顔を背ける。

頬骨の上に浮いた青と黄色のアザは隠れたが、今度は眉の上の傷が見えた。深くはなさそうだが、傷は生々しい。それに気づいたのか、顔を正面に戻した田辺が舌打ちした。

よほどひどく殴られたのだろう。この様子では、顔はまだマシな方だなと、大輔は思った。身体も同様に責められたなら、骨が折れていてもおかしくない。

「あっちから、連絡は」

出し抜けに聞かれ、何のことか理解するのに時間がかかった。

岩下からの連絡だとやっとわかる。「ない」と答えると、あからさまにホッとした顔になり、直後に苦笑を浮かべた。

「当たり前か。そんなの、殴られ損だもんな」

「本当に、あぁいうこと、させられるんだな」

「女、抱かされること？　言っただろ。あるよ。あるに決まってる。ご褒美もお仕置きも、全部セックスなんだから。まぁ、岡村を外に出してくれたのは温情だな。酔ってもないツレに見られるほどキツいものはないし」

へらへらと笑う田辺はいつもの表情だ。

俺には見られてもいいのかと言いかけて、大輔は声を飲み込んだ。でも実際は、思うように喉が使えず、息が引きつれる。

「俺とのあれ、思い出して吐いたんだろ。まぁ、仕方ないよ。けど」

田辺が声をひそめる。

「何のために、あんたの前で女を抱いて、こんなヤキ入れまでされたか。ちょっとは考えてくれ」

「……俺のためとか言う？」

テーブルに、田辺が注文したカクテルが届く。好んで飲んでいる、赤いショートカクテルだ。田辺らしい気障《きざ》な名前で、大輔は一生かかっても注文できないと思ってきた。

どうして。

どうして、俺のためになんか。

バーに足を踏み入れるまで、何度となく繰り返した問いかけを、大輔はもう一度だけ心の中に浮かべる。

うつむいた田辺は、膝の上に腕を置き、両手を組んでいる。仕事をして来たのか、いつもと変わらない仕立てのいいスーツだ。それとも、アザの残る顔じゃ商売にもならず、ただここに来るためだけに選んだのかもしれない。

そして、大輔も、いつもの大衆居酒屋とは違う雰囲気のバーを選んだ。その理由こそ、問われるべきだと思い、同時に考えたくないと思う。

あの夜、自分は田辺に救われたのだ。

岩下の情報源になれば、骨の髄までしゃぶられる。悪徳刑事に成り下がるだけで済めばいい方だ。

間に田辺を置き、直接、岩下の管轄には入らずに済んだのは、見逃されたことになる。

「あの人、鬼畜だけどいい人だろ」

カクテルには口をつけず、田辺は窓の外を見て言った。笑い声は心底から楽しげで、大輔は殴られどころが悪かったのかと、半ば本気で心配になる。

「意味がわかんねぇ。そんな目に遭わされて。おまえから顔の良さを取ったら、何が残るんだよ」

「……褒めてんだよな？　けど、あんたから手を引いてくれたじゃないか。他の人じゃ、あぁはいかない」

「きっちりシメられといて……。ほんと、よっぽど、惚れてんだな」

面と向かったときの岩下を思い出し、大輔は眉をひそめる。

わからないでもない自分が嫌だった。色悪には絶対的な魅力がある。絵に描いたような男前のくせに悪人だなんて、真似をしようとしてできるものじゃない。

「あんたにはさ、わからなくていいんだ。俺よりいい男なんて見なくていい。アニキのことなんか、すっかり忘れてくれよ」

「田辺、おまえさ、ヤキ入れされて頭おかしくなっただろ。……忘れるとか、忘れないとかじゃねぇよ。頭に入れとくのが仕事なんだよ」

「……んなこと言って……」

珍しく田辺は愚痴っぽい。それが自分でもわかるのだろう。

ふてくされた表情で椅子の背にもたれた。

大輔の方も、扱いに困ってしまう。

「なんだよ……。慰められたいなら、携帯の中の美人さんに頼めよ」

「あんたが思うほど、俺はモテない」

つんっとあごをそらした仕草が子供っぽく見え、大輔は思わず吹き出した。

「そうなの？　嘘ばっかり言ってんなよ。ペテン師」

「あんたに嘘は言ってない」

「ん？」

「あの写真はさ、本当に、そういうのじゃないんだ。あんたと、あれが似てるとも思ってねぇよ。あんたはあんたなんだ」

「何が言いたいんだよ。あんた、あんたって、まったくわかんねぇんだけど」

「……俺のこと、かわいそうだと思えよ」

田辺の視線が戻ってきて、今度は大輔が視線をそらす。

「おまえの何がかわいそうなんだよ。尊敬するアニキ分がいて、指が飛ぶでもなく意見も通してもらえて、心のよりどころもストックしてんじゃん。全然、かわいそうじゃねぇよ」

「かわいそうだろ。……三宅さん、こっち見て」

そんなふうに、懇願するように言われて、顔を向けられるはずもない。

「なぁ。聞こえない振り、するなよ。……俺さぁ、身体中、アザだらけなんだよね。ちょっとはマシになったけど。悲惨だよ？　それでも、あんたを、守れてよかったなぁとか、さぁ……思ってんだよ」

「……」

「俺とあんたの関係を知って、あの人が何考えたか、本当のところ、想像してないだろ？　情報源だとか、犬だとか、そういうの甘いから。単に、味見したいだけなんだよ。っていうか、俺から取り上げて遊びたいっていうか」

「おまえのアニキ、たいがい、頭おかしいな」

「いい人なんだけどな」

「どこが」

「……だから、あんたは知らなくていいんだって」

「それぱっかかよ。いいけどさぁ……。で、かわいそうな田辺くんは俺にどうして欲しいんだ」

「悪いとは思ってんだな。っていうか、もう少し頭を使ってくれよ。バカか」

「うっせぇよ。おまえの望みだろ？　そんなこと、言われなくても……」

大輔は目を伏せた。

「あいつと別れろって、それだろ」

小声で口にして顔をあげると、互いの視線がぶつかり合った。どちらもそらせず、見つめ合う。

苦しそうに息をひそめた田辺の瞳に本気が見え、大輔はただひたすら戸惑った。どうして、と、今なら聞ける。そう思うのに。

やっぱり言葉は声にならなかった。

無言のままで田辺が手を差し出してくる。大輔はぼんやりした気分で見つめ返すだけだ。

「なに？」

ようやく声が出る。田辺が小首を傾げた。

「部屋のキーは」

「ねえよ、そんなもん。ここは奢るから」

「ホテルのバーになんか呼び出して、そのつもりないとか言うわけか」

「当たり前だろ」

考えなかったわけじゃない。だけど、助けてもらった礼に、自分から部屋を用意するなんて絶対に無理だ。

「期待したんだけどな。あんたも、欲しがってるんじゃないかってさ」

言いながら、田辺はスーツのポケットに手を入れた。

「まぁ、そんなことだろうと思ったんだ」

スッとカードキーを取り出す。

「……おまえさ、やることしか頭にないのか。っていうか、女にしろよ。女に。女にはモテるだろ」

「見ただろ？　女なんか、もういい。あんたのために身体張って傷ついたんだ。あんたでしか慰められない」

「それは仕返しっていうんだよ」

ビールをぐいっと飲み干した大輔は、グラスをテーブルに戻してから「あっ」と声をあげた。まるで部屋に行くために飲み切ったようだ。

そう思われるのが気恥ずかしかったが、田辺は何も言わずに、赤いカクテルを手にして、同じように一息に飲み切った。

「俺が守った、俺のための身体だ。三宅さん。今夜も、俺だけのものになれよ」

目眩がしそうなセリフを、真正面から挑むように吐かれ、大輔はすくりと立ち上がる。

何も言わずに、カードキーを手にして、先にバーを出た。

「おまえさ。あぁいうことの後ぐらい、連絡してこい。ていうか、ダブルの部屋を取るな」

部屋に足を踏み入れた大輔は、脱いだジャケットを椅子に投げながら憤った。

ででん、と置かれたダブルベッドが物悲しい。

「たまには心配してもらおうと思って」

「バカか。いつ相模湾に浮くかと……」

「はいはい。ごめんごめん。もっとマメに連絡しますぅー」

腕を引かれ、背中から抱きしめられる。身体に回った手が、シャツのボタンをはずしていく。

「そういうこと言ってんじゃねぇんだよ」

「俺が死んだら、寝覚め悪い？　それとも、ちょっとはさびしくなる？　ここととか」

股間をぐいっと摑まれ、思わず屈《かが》む。

「……勃起してんじゃん」

「違っ……」

「ごまかすことじゃないだろ。でも、なんで？」

「知らねぇよ。っていうか。こんなの生理現象だ」

まだ半勃ち未満だ。少し膨らむぐらい、ちょっとした刺激でも起こりうる。

「三宅さん。俺が死んだら、イヤ？」

ベルトがはずされ、スラックスの前が開かれる。

「今夜会えて、ホッとしてる？」

「どういう嫌がらせだよ」

スラックスが床に落ちた。ベッドへ逃げると、田辺はその場で服を脱ぐ。

大輔の脳裏に「シャワー」の文字が横切ったが、自分からは口にしなかった。田辺もわざと忘れた振りをしているのだろう。

そう思えるほどの仲なのに、口にしないことが多すぎる。考えないようにしていることもたくさんあって、それがときどき不安と虚《むな》しさを生むのだと知ってもいる。

ボクサーパンツ一枚になった田辺の身体には大きなアザがいくつもあった。バットで殴られたと言われた方が納得できるような痕《あと》だ。

田辺がベッドへ上がってくるのを、大輔は靴下を引っ張って脱ぎながら待った。

「おまえが友達なら、素直に喜べるんだろうな」

ぼそりと口にした。

ヤクザとデカでも、友達なら。

「俺は嫌だよ。あんたと、そんな関係になるつもりはない」

鍛えられた脇腹にも青黒いアザを作った田辺が、シニカルな笑みを返してくる。

「……だろうな」

胸がちくっと痛み、大輔はうつむいた。そのあごを、田辺の指に持ち上げられる。

「もっとイイ関係になろうよ」

いつもの甘いささやきと一緒にくちびるが近づいてきた。キスされて引いた背中を、抱き寄せられる。

「なんで、友達じゃダメなんだ」

「俺がヤクザで、あんたがデカだから。それ以前に、友達はセックスしない」

「世の中にはセフレって便利な言葉あるらしいぞ」

「なりたいの。そういうのに」

真剣に見つめられ、大輔は口ごもった。田辺が笑って言う。

「それでよかった頃もあったんだけど。なんだろうなぁ」

首筋を引き寄せられ、くちびるが合わさる。目を閉じる田辺の顔を見ていると、薄く開いた瞳に咎められた。

「大輔さん」

名前を呼ばれて初めて、胸が痛んだ理由を悟る。考えたくない。そう思うのに、答えは目の前だ。

バーの中で姿を見たとき、本当は心の奥が軋《きし》んでいた。

生きていたのは当たり前だ。でも、顔にできたアザの痛々しさに、自分の責任だと思った。そして、嬉しかったのだ。

自分の顔の良さを売りにしている田辺が、そうしてでも守ったのだと思ったとき、自分でも隠しようがないほど心は正直だった。

だから、身体だけじゃない『友達』という関係を否定されて、胸は痛んだ。

「友達になんかなれると、本気で思ってんの」

田辺の声が怒っているように聞こえ、大輔は視線を伏せた。顔を覗き込むようにキスをされ、舌を絡められて息が弾む。

「そんなもんのために、黙って殴られたわけじゃねぇんだよ。なぁ、三宅さん。わかってんの?」

「じゃあ、おまえは何になりたいんだよ。言えよ」

「言えば叶《かな》えてくれんの」

「そういうことじゃねぇだろ」

「奥さんと別れるって、言ってくれよ」

「……田辺。今はやめろ」

下着一枚でキスしながら話すことじゃない。そう訴えると、田辺はあからさまに顔を歪めた。

「口約束でいい」

「だから!」

大輔は叫んだ。田辺の身体を突き飛ばすように押し倒し、腰の上に乗り上げる。

「頼む。その話をするな」

「思い出したくないのかよ」

「……男で、いさせてくれ」

「そんなの、どうでもいいんだよ。あんたが、どうであっても、俺のものになるなら。それでいい」

「よくねぇんだよ」

身体を屈め、自分から田辺にキスをする。ぎこちなくくちびるを這わせ、身体のアザを指と舌でたどって下りていく。

「なぁ……、あんたさ、わかってんの？　俺、あんたのケジメに付き合ってんだよ？　あんたを縛ってるものをさ、引きちぎってめちゃくちゃにしてやりたいのを、どれほど我慢してるか」

大輔のくちびるがどこに行きつくか。期待を抑えきれない田辺の腰が揺れる。大輔は身を起こした。

「……倫子には手を出すな」

「出せるなら、もうやってる。……くそっ」

待ちきれずに下着をずらした田辺が、いきり立ったものをしごき立てた。

「舐めてよ。あんたの唾液でぐちゃぐちゃにして、エロい音させて吸って」

頭を押さえつけられ、頬に先端が押し当たる。

戸惑いがないわけではなかった。それでも、大輔はくちびるを開いて田辺を受け入れていく。舌を絡め、溢れてくる唾液をすするようにして、張り詰めた皮膚を刺激した。

口の中で跳ねるそれの根元を押さえ、先端に吸いつく。

「くっ……。ん、……」

快感を滲ませた田辺の声に、大輔の腰も焦れる。

「男の、あんたの口に、……突っ込んでるって思うから、興奮するんだよ……。俺は、あんたを、『女』にはしない」

「んっ……ふっ、ん……」

いきり立つ田辺を口いっぱいに頬張り、大輔はジュプジュプと音をさせながら頭を振った。

「腰、こっち向けて。馴《な》らすから」

嫌と言う間もなく、強引に促される。のろのろ動くと、何度か肌を叩かれた。それさえ乱暴ではなく、叩かれた場所をなだめるように撫でられて肌が粟立《あわだ》つ。自分の身体の始末の悪さに、大輔は身悶えた。

恥ずかしいのは行為ではなく、自分の反応だと思う。

肉を揉まれ、指先でひだをなぞられ、ひくひくと股間が揺れる。いたたまれなかったが、頭の線はとうに何本も切れていた。

田辺の昂《たか》ぶりに吸いつき、指でしごいて舐めしゃぶる。

後ろを探られる刺激に喘ぎながら、テラテラと光る亀頭を口の中にこすりつけ、舌を這わせた。乱暴なほど激しくすると、それは生き物のように跳ね回り、確かな快感を与えているのだと実感する。

田辺もまた奔放に、愛撫《あいぶ》を始めた。長い指に肉を押し開かれ、ぬめる舌先が這う。やわやわとした感覚に、淡い快感が生まれ、大輔の足はあっけなく震えた。

「んっ、んっ……」

「ケツ舐められて、そんなにかわいい声が出ちゃうんだ。エロッ……。ほんと、エロい」

繰り返されて身悶える。言われるまでもなく、自分がそう思っているのだ。上擦る声も、揺れる腰も、何もかもが卑猥で恥ずかしい。

だから、肌が火照《ほて》り、汗が滲んでくる。

「あぁっ……うっ……ぅ」

舌と指で馴らされて、フェラチオよりも激しい水音が響く。

快感がいっそう募り、大輔は腰を振って求めた。濡れた粘膜をほじくるように動く指でさえ、欲しい場所には届かず、たまらなくなって訴えた。

「あっ……、あっ、……お、く……奥、に……」

「深いところを突いてあげるから、またがってよ」

「……うそ、だろ」

「自分であてがって、腰、おろして。嘘じゃないから。早く」

田辺の声に余裕がなくなり、大輔は仕方がなく身を起こして体勢を変えた。求めに応じて腰にまたがり、掴んだモノを身体の中心にあてがう。

「こわいの？　……大丈夫だよ。何回も、挿れてるだろ？」

息を乱した田辺の手が、大輔の腰を摑んだ。

「やめっ……」

下から突き上げられ、大輔は逃れようと試みた。でも、摑まれた腰を引き戻され、逞《たくま》しい先端がぐりっと肉を掻き分ける。

「あっ、あっ」

「入って、る……。なぁ、わかる？」

「うっ、ぅ……んんっ」

ズクズクと中を犯され、大輔は口を押さえて身を震わせた。片手を田辺の腰につき、ゆっくりと受け入れていく。

いつもより大きく感じるのは、慣れない体位に尻込みしているからだ。大輔が息を整えようと動きを止めても、田辺はそれを許さない。

腰を引き寄せられ、下から押し上げられ、大輔ははぁはぁと短い息を繰り返して眉をひそめた。

「痛いの？　気持ちいいの？」

「……気持ち、いい……っ」

「いつになく素直だな。殴られがいもあるよ。……もっと、飲み込んで」

「……ちょっ……、苦しい、から……」

「嘘つけよ。指だけでぐずぐずになってんだから、いけるだろ。……ほんと、熱くってエロいよ。あんたのケツん中は」

「た、なべ……っ」

それ以上は苦しさがあり、大輔は髪を揺らして拒んだ。もうじゅうぶんに入っている。そう思うのに、足の下で揺れる腰は容赦がなかった。

「んっ……、せ、まっ……。あー、ヤバイ、三宅さん……。バカみたいに、気持ちいい……っ」

田辺がぐっと腰を突き出し、背をそらす。

「はっ、ぁう……う、うっ……」

張り詰めた亀頭が、ぐりっと内壁をえぐった。その苦しさに身を屈めた大輔の目に、田辺の身体に浮いたアザが見える。

素手で殴られたのか、硬い革靴で蹴られたのか。得物で殴られたのか。とにかく、痛かっただろう。

そう思った瞬間、ひゅっと心が冷えた。股間が萎え、気づいた田辺に乳首を摘まれた。

「なぁに、考えてんの？　やめろよ。こんなときに……」

「けど……おまえっ」

「あぁ、乳首、めっちゃ感じてんじゃん」

こりこりと転がされ、大輔は敏感に肩を揺らす。じんわりとした痺れが肌に広がり、心地よさがせつなさにシフトした。

「あっ……あっ」

たまらずにうつむき、声を刻むように喘ぐ。

「素直にまたがったりしてさ。罪悪感、なの？　……そういうの、好みじゃねぇんだけど」

ぼやく声を、大輔は睨んだ。

「じゃあ、出てけよ」

「よがってるくせに、よく言う。奥がいいって言ったのは、そっちだろ」

「言ってねぇ」

強がってそう答えた。でも、いざ抜けそうになると、大輔は戸惑った。

「なんて、ね……」

上半身を起こした田辺に腰を抱えられ、あぐらを組んだ上に引き寄せられる。

「ぅ……はぁっ……あ、あっっ」

唐突に奥まで貫かれ、たまらずに肩へすがった。

「うっ。はぁっ……ぁッ」

腰の奥からうねりが生まれ、指を食い込ませてしがみつく。そのまま、額をこすりつけ、大輔は腰を揺すった。そうすることで強烈な刺激を和らげようとしたのだが、結果は逆効果だ。

田辺の手に身体を引き剝がされ、キスでくちびるを覆われる。

ねっとりとした動きで舌が差し込まれ、大輔は目を伏せて吸いついた。他人の唾液の味がして嫌なのに止まれなくて、泣きたいような気持ちになる。

「んぅ、……んっ」

じゅるっと水音が立ち、卑猥さに身震いした。その背中を田辺の手がゆっくりと撫で下ろす。両手に尻を摑まれる。

「チューが上手くなったよな」

ふいに柔らかな声で言われ、優しい動きで揺すられた。

乱れた息を整える猶予を与えられ、大輔は大きく息を吸い込む。田辺に顔を覗き込まれているとわかったが、拒むよりもまず呼吸を取り戻す。

浅い息を努めて深く吸い込み、ちょっとした動きでも喘いでしまう身体をなだめる。

「……三宅さん」

頰にチュッとキスをされ、びくっと背をそらした。

「ガマン汁すごいね」

田辺の手に腰を抱き寄せられるたび、勃起した大輔の性器が向かい側の腹筋にこすれる。力を入れると浮き出る田辺のシックスパックに刺激され、大輔はこころもとなく視線を落とした。濡れた先端がテラテラと光り、隠しようもなく興奮している。

「触って、って言えばいいだけなのに。我慢してんの？」

喉でくぐもる田辺の笑い声にからかわれ、後ろの方が気持ちよくて忘れていたとは言えなかった。田辺の傷を見て一度は萎えたからなおさらだ。

「触ってやろうか。あんたが好きな、いやらしいしごき方で、さ……」

「……ぁ」

田辺の指が、そっと先端を撫でる。まるでひよこの頭を押さえるような繊細さに、大輔はビクビクと腹筋を震わせた。

「卑猥だなぁ。こんな程度で」

「やめ……っ、ん……」

「エロい声……。すっげ、かわいい」

笑う田辺の声にからかいの色はなかった。羞恥を誘うためじゃなく、何のてらいもない心情を吐露され、大輔はいつものように戸惑った。

この男は、本気で自分をかわいいと思っているんだろうか。そうでないなら、もっと意地悪く、もっと羞恥を煽るはずだ。

でも。じゃあ……。こんな、言い方、どうして。

何度となく湧き上がり、そのたびに考えないようしたことが、今夜も怒濤《どとう》のような勢いで大輔を揺さぶった。甘い感傷が胸に広がり、気づきたくもない感情の芽生えに支配される。

「やめろ、言うなよ」

「んなこと言ったって、なんか、すごいきゅうきゅう締まってるし。……感度、よくなった？」

「ちがっ……」

「身体が痛くなきゃ、めちゃくちゃ突いてやりたいのに」

「いるか！」

叫び返したくちびるが塞がれる。田辺の手に亀頭を包まれ、大輔は強く目を閉じた。

濃厚で甘いキスが繰り返される。

いつから、この男とのキスを『甘い』と思うようになったのか。セックスの最中に考えてはいけないことを、大輔は初めて考える。身体の奥に火がつき、猛烈に悔しくなる。

岩下と大輔の目の前で女を抱かされた上に、リンチにかけられた田辺の内心を思った。殴られた傷みよりも深い傷が、心の内側にあるはずだ。だけどそれは、血も流れず、アザとして見ることもできない。

この関係は『失敗』だと、あの夜、岩下は位置づけたのだ。大輔をかばったことよりも、リンチの理由はそっちだろう。だから、ヤクザの流儀でケジメをつけさせられ、田辺はそれを当然のように受け入れた。

「……嘘ばっか。気持ちよさそうな、顔するくせに」

腰を揺する田辺の手が、二人の密着を邪魔する。しごかれて気持ちがいいのに、それよりも欲しいものがあって、大輔は自分自身を懸命にごまかした。

これは同情だと繰り返し、そんな言葉で済むのかと責める。

助けられて悔しいと思う感情の裏に、この男だけが泥をかぶった事実に対する罪悪感がある。

「あの人は、危ない」

大輔の心を見透かしたように、田辺が口を開く。

「本当に危ないんだよ。ずっと警戒してたんだ。いつか、こうなると思って。……マジで、よかった。魔の手に落ちなくて、ほんと」

「名刺を受け取ってたら、俺はどうなってた。まさか、岩下と」

大輔のモノを責め立てながら、田辺は薄く笑う。

「あるか……。んなこと。女抱かされて、ビデオに撮られて、強請《ゆす》られるだけだ。……何を想像してんだよ」

想像させているのは、田辺の方だ。口に出さないだけで、本心では寝取られると思ったに違いない。

それはおそらく、そんな生ぬるい言葉で済むような行為じゃなく、もっと陰惨でもっと薄汚い行為だ。たとえば、あの夜、田辺の抱いた女の立場に、大輔が立つような……。

とんでもない想像に、ぞくりと背が震える。

気づいた田辺が、体勢を変えた。背中を支えられ、ベッドに押し倒される。

「他の男のこと、考えんな……。誰のことも、考えるな」

ぐいっと奥をえぐられ、大輔は小さく悲鳴をあげた。

それが甘い嬌声の響きで尾を引く。

「あんたはさ、俺の前でだけ、かわいく喘いでればいいんだよ。俺がそうできるようにしたんだから」

「仕込んだ、からだろ……っ。あっ、は、……あぁっ」

「そうだよ。仕込んだんだ」

「ヤクザが……っ」

睨みつけると、たわいもなく笑い返される。

汗で額に貼《は》りついた大輔の髪を、手ぐしでぐいっと掻き上げ、田辺はそのままくちびるを押し当てた。

「そんな強がり言ってもダメだって……。あんたの坊やは俺に撫でられたがってるし、こっちの穴もかわいがられたくて、絡みついてる」

「やめ……っ」

「いつもみたいにしてよ。……あんよ、抱っこして」

くらりと目眩がする。自分の膝の裏を抱えさせられ、ひくっと喉が鳴った。

「そうそう、出し入れしやすいように、お尻出して……。大輔さんのかわいいケツ穴に、俺のデカいのが出たり入ったりするの、たっぷり見てあげるから。気持ち、いいだろ？な？」

ずるっと引きずり出された肉が、同じスピードでゆっくりと押し込まれる。

「ここなんかさ、しわがなくなるぐらいまで伸びてんだよ？　ほんと、お利口……。苦しいのに、根元までちゃんと飲み込んで、さ。……なぁ、大輔さん。いい子だね」

「あっ、あっ……」

「かわいいあんよ、離しちゃダメだよ。イイところに届かなくなる」

「んっ、んっ……はっ、あ、あんっ」

田辺の言葉通り、亀頭がそこをなぞった。びくっと腰が跳ね、大輔は軽くのけぞる。

「うっ、うっ……」

むずがゆいほど気持ちのいい場所を何度も突かれ、大輔は涙の浮かんだ目で田辺を見た。

形の良い目を細めた男は、なおも柔らかな声で大輔を責めた。

「気持ちよさそうに顔歪めて……ほんと、エッチだな。好きなんだろ。こうやって俺に突き上げられて、エロい声出しちゃうんだよな？」

「あっ、あっ、……ぅ、んんっ」

「せつないの？　ねぇ、大輔さん。ここ、せつない？」

ぐいぐいと先端がねじ込まれ、小刻みに揺すられた。

涙がぽろぽろとこぼれ、膝裏を支える指の力が抜ける。はずれる前に、田辺の手が重なった。

「……もう、やめっ……」

「ダメだ」

「そこ、いや、だから……。や、だ……っ」

「ぐずんなよ……。あー、もう……かわいいだけだっつーの。なぁ。このまますったら、触らなくてもイケるから。やろ……？　ところてん。絶対に気持ちいいから」

「バッ……、嫌だ！　ヤダ、離せっ！」

「くっそ。理性、あんじゃねぇか。飛んだ振りするなよ。……大輔さーん、いまさらだろ。なー、いい子だから。お利口だから言うこと聞こうな」

「ふざけんなっ……。したくない、そんなの、したくない！」

「絶対に、イイって。ほらー、大ちゃん、大輔ちゃん」

「うっせ！　やめろ……、何がっ、大ちゃんだっ。死ね」

膝裏から手を離し、身をよじる。這って逃げようとした身体を田辺に押さえられた。

「逃げんな。しないから。わかったから」

抱きすくめられて、身動きが取れなくなる。

「もう場所がずれたから。そんなのにならねぇから。……続けさせて」

懇願するように言いながら、田辺は腰を振った。ズクズクと掘られ、大輔は身を屈める。

さっきとは違う快感に襲われ、目の奥がチカチカして、声が出る。

「気持ちいいの、好きなくせに、怖がりなんだよな……」

かわいい、と小声でささやかれたのを、うっかり聞いてしまう。身体がブルッと震え、恥ずかしさで肌が熱くなる。

「……どこに反応したんだよ」

田辺が不思議そうに聞いてきたが、感じている振りでごまかした。

揺すり上げられ、下半身を揉みくちゃにされ、大輔は次第に本気になっていく。

「あっ……くっ、んっ……あ、あぁっ……ッ」

目眩の奥にある快感を追い、最後は田辺の首に腕を回してしがみついた。

シャワーブースと浴槽コーナーが分かれている部屋の宿泊代がいくらぐらいするのか、大輔にはよくわからない。自分から部屋を取って密談したことはないからだ。

大輔が呼び出すときは個室のある居酒屋が定番で、それはこんなふうに、なし崩しのセックスをしないための策でもあった。誘われても断るが、内心はやぶさかでない。それが今までのスタンスだったのだ。

シャワーブースで汗を流し、初めの一回だけ中で出されたことを思い出して後処理を試みる。でも、後の二回で溢れたのか、下りてくるものは何もなかった。

それから風呂に浸《つ》かると、身体中に青アザを作ってるくせに、通算で三回も挿入した田辺を思い出して笑いがこみあげる。男相手に、あれだけサカって、恥ずかしいのは自分よりあっちだ。

「三宅さーん」

ドアをノックする音がして、田辺の声がした。答えると、ドアが開く。

「ビール飲む？」

缶が差し出され、大輔は喜んで受け取った。よく冷えている。

「風呂ぐらい、ゆっくり入らせろ」

入り口あたりに居座るのを睨むと、白いガウンを着た田辺が近づいてきた。

「待ってるって、なんかさ、つまんないじゃん」

そう言って、自分のビール缶を浴槽の端に置く。大輔の缶を取り上げ、プルトップを開けてから返してくる。

「じゃあ、先に帰れよ」

礼も言わずに受け取り、大輔はビールを飲んだ。

「あんなにしがみついてきたくせに、本当につれない」

「うっせ。おまえよりもシーツと仲良かっただろ」

最後はバックから突かれ、大輔は身体を支える力もなく、ひたすらシーツを握りしめたのだ。そういう自分を恥ずかしげもなく思い出し、それなりに気持ちが良かったと記憶をたどる。

「ひーひー言って、シーツ摑んでるの。あれ、かわいいよな」

「……そういうこと言ってんじゃねぇんだよ」

ぎりっと睨みつけ、大輔はビールを浴槽のふちに置いた。両肩まで浸かって、あご先も湯の中に入れる。

「あんなデカイものを突っ込まれて揺すられる方の身にもなってみろよ。めちゃくちゃ疲れるっつーの」

「それは、あんたが感じまくるからだ」

「くっ……」

返す言葉がない。的をドンピシャに当てられ、大輔はぶくぶくと泡を吐き出す。

「デカくてごめんなぁー」

「死ねよ。言うほど、デカくない」

「あんたのあそこが、ギチギチに狭いだけだよな。処女も真っ青」

「……そういうのと、ヤッてんだ」

「って、おいおい……。違うだろ。いまさらバージンなんてどうこうするの、嫌だし。めんどくせぇ。そんな仕事、回ってこねぇよ」

「へー、ふーん……。だよなぁ。この前みたいな、ボインボインのセクシー姉ちゃんがいいんだよな」

「三宅さん。この流れはさ、『女なんか飽きたんだ、あんたの身体が一番気持ちいい』って言わせるヤツ？」

考えもしなかったことを言われ、大輔は風呂に沈みかける。バタバタと暴れて、ザバッと起き上がった。

「違う！」

「まー、ね。あんたのためだと思ったら、意外に勃起して助かったけどさ」

「何それ。おまえ、マジで変態」

「俺を変態にしたのは、あんただよ」

それも違うだろうと、大輔は心の中でだけ思う。

きっかけは自分ではなく、田辺の携帯電話の中にある写真の相手だ。あれに突っ込んでみたくて、でも、どういう理由なのかは知らないが、できないから大輔を相手にしているのだ。

そういう理由があると思うから、固執されるのもぎりぎり理解できる。

「信じてくれないなぁ。あんたのために、アニキに逆らったのに」

「それは、感謝してる。借りは返すよ」

引き寄せたビール缶を、口もつけないで元に戻す。

振り向くと、田辺は意外そうに眉をひそめた。それから真顔になり、ふいっとバスルー

ムを出ていった。

どこへ行くのか呼び止めようとした大輔は、声が出せずに黙り込む。開いたドアの向こ

うを窺ったが、着替えた田辺が出ていく気配はない。

何が気に障ったのか。考えるともなく考えた大輔は、自分なんかが理解できる次元じゃ

ないと、答えをあきらめた。

ビールをゆっくりと飲み、身体を温めて湯船を出る。ふわふわとしたバスタオルで身体

を拭き、分厚いガウンを手に取ろうとしてやめた。羽織るには、まだ暑苦しそうだ。

バスタオルを腰に巻き、何気なく鏡を覗く。首筋や鎖骨のあたりに痕はない。でも、二の腕の柔らかい場所に鬱血《うっけつ》が残されていた。それから、右側の乳首の外側にもひとつ。

自分の身体だとわかっていてもその痕をエロいと思う。強く吸われて揺れてしまう腰の感覚が甦り、眉をひそめて洗面台に両手をついた。

初めて慣れたのは、身体だ。心はまずあきらめを覚えた。きっとこれから慣れていく。それの意味することは、この関係を続ける意思だ。慣れるほど、続けてもいいと思っているのだ。

指先を肌に滑らせ、田辺の残したキスマークに触れる。

借りはベッドの上ですでに返したのだと気づき、ハッと息を吐き出す。

思わず言葉が漏れた。だから、田辺は意外そうにしたのだ。でも、眉をひそめた理由まではわからない。

「そうじゃん……」

バスルームを出ると、田辺は窓際で夜景を見下ろしていた。

眼鏡をかけていない横顔はインテリヤクザな印象がなく、その辺りにいるイケメンだと思える。少し味気なかったが、それはそれだ。

「煙草、もうねぇんだよ」

言いながら大輔が近づくと、立ち上がった田辺は自分のジャケットを探った。ポケットから出したのは、大輔が好んでいる『ラッキーストライク』だ。投げられ、両手で箱を受け止めた。

「気が利きすぎて、気持ち悪いな」

思わず悪態で返す。素直な言葉など、二人の間にはない。

そうわかっているのに、胸の奥はぎりぎりと軋んだ。

「三宅さん」

窓の枠に腰かけた田辺が煙草を消す。礼を言い直そうと振り向いた大輔は、相手が話し出す気配を感じて口を閉じた。

「奥さんと、別れて」

田辺はそう言った。いつもと同じ言葉を、今までとはまったく違う調子で口にする。

大輔は目を伏せて床を見た。高級なホテルはじゅうたんまで柔らかくて肌触りがいい。

「それで、借りを返すことになるのか」

二人の間の利害は、いつだってセックスで片がついた。いまさら、別のことが代償にはならない。それなのに、二人して肝心なことを忘れる。そういう、振りをする。

田辺は口を開かなかった。

いつもなら軽い仕草で笑い、「なんてね」などと話を混ぜ返す。なのに、言葉を待った大輔が焦れ始めても、田辺は視線さえそらさなかった。

じっと見つめ合う。まばたきもできないほどの緊張が続き、乾いた目がつらくなる。それでも、視線をそらせず、二人は黙り込む。互いの瞳に感情を探すこともしないまま、時間だけが過ぎ、どちらからともなくまばたきをする。

「冗談にしろよ……」

痺れを切らした大輔が言うと、田辺は片目を細めた。

「なるのかよ」

苦しそうな一言に息が詰まる。叫び出しそうになった手首に男の指が絡み、腰を抱き寄せられてよろめいた。冷たいガラス窓に手を押し当ててバランスを保つ。

「アニキにはバレてねぇんだよ。知ってるのかもしれないけど、口に出さなかったってことは、事実上の黙認だ。それならそれでいい」

二人の関係ならバレている。そう言おうとしたが、田辺の言わんとしていることは、そこではない気がした。

「何言ってんだよ」

笑ったつもりでも、みっともなく声が揺れただけに過ぎず、大輔は男のつむじを見下ろす。冗談にならなくなっているのだと、内心では理解したが、納得は拒絶する。

そんなこと、認めたって意味がない。

「……泊まっていけよ」

田辺から言われ、聞き返した。

「ここに？」

「他にどこがあるんだよ。俺の家にでも来てくれんの？」

「くれんのって……。おまえ、いつから、そういう言い方……」

それ以上は笑えなかった。嘲笑《ちょうしょう》も苦笑も出てこず、目の前の髪を指に絡めて引く。

いつから、そんなに本気っぽいことを言うようになったのか。そして、いつから、自分はそれを待ち望むようになったのか。

ヤクザのペテン師に騙されたいと思い、それが真実であることを、心のどこかで……。

考えを遮断する。

「不倫ごっこなんて、俺のガラじゃねぇよ」

「とっくの昔に『不倫』だろ」

「マジにすんなよ。おまえと、オレで……」

腰に絡んだ腕をほどくと、バスタオルまではだけた。押さえる間もなく、床に落ちる。

「やめろ」

絡んだ指が根元を支える。硬くなっていないものをくわえられ、大輔はうつむいた。濡れた田辺の髪を掴み、じっとする。

ひとしきり舐めしゃぶってから、田辺は口を離した。そして言う。

「こわがんなよ。俺の言う通りにしないと、後悔することになるぞ」

膝をついた田辺から見上げられ、大輔は片頬を歪めた。

見下ろしているのに、優越感さえ湧いてこない。

相手を振り払い、後ずさって離れた。下着を探して身に着ける。

「言う通りにしなくたって、とっくに後悔してる」

背中を向けたまま、ため息をつく。

「男なんか、好きになるかよ」

シャツを掴んで、袖を通す。

「ごもっともだ」

後ろから伸びてきた手に邪魔をされ、肩からシャツが剥がれる。

「言った先から、おまえは」

肩に歯を立てられ、痛いと叫んで振り向く。

本当はたいして痛くなかった。甘噛みされて、悲鳴をあげたくなったのは心の方だ。

「……感じすぎ……」

笑った田辺に顔を近づけられ、身をよじったままくちびるをついばまれる。

「もう、嫌だ」

「挿れねぇよ」

「キスもだ」

「それは無理……」

キスが繰り返され、大輔は目を開けているのをやめた。のけぞるようにして、されるに任せると、田辺はバスローブの前を開いた。腕を引かれ、腰の後ろに誘われる。

腕を回すと胸が合わさり、湯冷めしそうになっていた身体が肌の温かさを感じた。ローブの中に引き込まれ、大輔は仕方なく身を寄せる。

温かいから、仕方がない。風邪《かぜ》をひくよりもマシだ。

そう思いながら、意味のないキスを田辺と繰り返す。

くちびるを合わせ、舌を触れ合わせ、乱れる互いの息を吸い込む。

「やめ、るな……」

顔を覗き込まれるのが嫌で、そう言った。背中に回した手で肌を撫でながら、何も考えたくないと、ひたすらにそれだけを考える。

「……三宅さん、俺、勃起してんだけど」

「知るか」

「あんたもしてるじゃん」

「知らねぇ……」

「キスがいいの？」

柔らかな声にくちびるをくすぐられ、たまらずに身を引く。

「優しくされるの、本当に好きだな。……冷たい奥さんと生活するぐらいなら、俺に優しくされた方がよっぽどいいだろ」

「ヤクザの情人になるぐらいなら、倫子に金を払ってる方がいい」

「……友達は嫌だからな。セフレも」

「じゃあ、何だよ」

「俺のものになってくれればいい」

「ふざけんな、オレはモノじゃねぇし」

「……俺は、あんたのものなのに？」

顔を覗き込まれ、大輔は小さく飛び上がる。田辺は楽しそうに笑い声を漏らす。

「関係に名前なんていらねぇよ、三宅さん。あんたがしてるのと同じぐらい、俺もあんたを所有したい」

「俺はしてない。そんなこと、してない」

「マジかよ」

田辺は嫌味に笑って、大輔の手を引く。手のひらに、屹立が触れる。

「こんなに硬くさせてるのは、あんたなんだ。してないわけないだろ。そうなったって、ないがしろには扱わない。知ってるだろ？　今以上に甘やかして優しくして、今以上に気持ちよくさせる。挿れてても、挿れてなくても」

「口説いてんのか」

大輔の問いに、田辺は答えなかった。

嫁と別れようが別れまいが、大輔と田辺がやることに変わりはない。それでも、田辺はこらえているのだ。

大輔の心の片隅で、まだぶらぶらと引っかかったままの女を見逃せず、カタをつけろと迫ってくる。

自分で引きちぎることもできるのに、それが大輔を傷つけると思うとできないのだろう。変なところで真面目《まじめ》だと思った大輔は、まばたきしながら田辺を見た。

俺を好きなのか？　本気で？

喉までせりあがった言葉を、口にはできなかった。

もしも倫子と離婚したら、そのとき、田辺は言うつもりでいるのだろうか。

冗談めかしたささやきではなく、本気の告白を。

「あんたの分のバスローブ取ってくる。風邪ひくなよ」

ふっと離れた身体を引き留めようと伸ばした手が田辺のローブを掴む。手を握り返された大輔は相手を見つめた。

「朝までいろよ」

田辺が言う。

「朝までいて、シラけた気分でモーニング食うんだよ。二回も三回もヤッたことは、俺たちだけが知ってる。でも、周りには仕事仲間程度にしか見えないんだ」

「田辺……。オレ、帰る。帰りたい」

「ここのモーニングビュッフェ、美味《うま》いから。朝になったら、よかったって思うよ」

大輔が摑んだままのローブを脱ぎ、田辺は笑いながら大輔の肩に着せかける。田辺の煙草の匂いがして、大輔はふらふらとベッドの端に座った。

「なんなら、明日はデートでもする？」

新しいバスローブを着た田辺が陽気に言い出し、大輔はがっくりと肩を落とす。

「バカか。仕事だ」

「朝だけでも休めよ。シャツ、新しいの買ってやるから」

「当たり前だ。バカ野郎」

悪態をついて、あぐらを組む。

「田辺。リモコン取って。それから、腹減った」

「……亭主関白かよ」

笑いながらも、リモコンとルームサービスのメニューが渡される。

「裏技は、ピザのデリバリーな」

「それだ！」

大輔は叫んで指を鳴らした。とりあえず、腹ごしらえをして、今夜はダブルベッドの端と端で寝ればいい。

朝になって、ヒゲの生えた男に幻滅するのは田辺の方だ。

「何、食いたい。アンチョビ、いける？」

携帯電話をいじりながら聞いてくる男に、大輔は黙って視線を返す。幻滅してくればいいけどな、と心底から思ったが、一方ではありえないとも思っている。

いまさらそんなことで冷めるなら、田辺は兄貴分に逆らってリンチに耐えたりしない。

「俺は、肉がっつり系」

答えながら、テレビをつける。ふいに頬へキスされて、振り向きざまにくちびるを吸った。驚いた顔を睨みつけ、額を押しやる。田辺の目がぎらぎらと燃えた。

「ピザが来るまでに、一回……」

「ふざけんな。……食ってからだ」

どちらからともなく笑い出し、この部屋の中だけは平和だと大輔は思う。

西伊豆への旅行で感じた気安さと同じものを感じ、それがすべてでいいとさえ考える。

田辺が許さないのだとしても、二人の願望を共通させることは無理だ。

どちらかがあきらめ、引くしかないこともある。

身体だけの関係でいられず、友達にもなれない。
他にどんな関係があるのか、大輔にはまだ想像もできなかった。

そして今夜、恋を

田辺《たなべ》は不機嫌に相手を見た。

「おまえに関《かか》わるとロクなことがない。他を当たれよ」

「俺だって、おまえに頼みたくない。でも、急ぎで金が要《い》るんだ」

結局、他に知り合いがいないのだろう。それもそのはずだ。

人が振り返る美形のくせに、野暮ったい眼鏡《めがね》と趣味の悪い原色の服を着て、ほんの些細《ささい》な言葉に怒り狂って暴れ回る。手でも出そうものなら、鼻か指かアバラの骨が折れる。もっと運が悪い場合、歯をなくす。

そんな狂犬と長く付き合いたいヤツはいない。チンピラだって、自分の身体《からだ》はかわいいのだ。田辺もそれは同じだった。それでも、頼まれたら断り切れず、美人局《つつもたせ》の引っかけ役をやらせている。

もちろん、それなりの報酬はもらっているが、足元を見られていることに本人はまるで気づいていない。頭が悪いからだ。

女顔負けの美貌《びぼう》を駆使すれば、田辺みたいな男に上前を跳ねられることなく簡単に金が稼げるのに。世間を知らない上にバカだから気づかない。

それが、新条佐和紀《しんじょうさわき》という男だ。

「人にものを頼む態度かよ」

クラブのボックス席でふんぞり返ると、佐和紀はしぶしぶといった動きで床に膝《ひざ》をついた。両手をついて頭をさげる。

「お願いします、田辺さん。この通りです」

「じゃあ、さっそく舐《な》めてもらおうか」

スラックスの前をゆるめる振りをすると、佐和紀は素早く顔をあげた。人にモノを頼んでいるのに、ナイフのように尖《とが》った目つきを向けてくる。

金が必要なのは、いよいよ所属する組が傾いて、危なくなってきたからだ。屋台骨を支えていた幹部が軒並み抜け、長屋へ移り住んで一年は経つ。それでも、組の上納金や慶弔金は待ったなしだ。

「手でしてくれよ。それならできるだろう？」

意地悪く声をかけると、佐和紀はプイッとそっぽを向いた。今日も、どこで買ってきたのかと思うような、えげつない色をした上下揃《そろ》いのジャージを着ている。

正直いって、関わりたくない相手だ。佐和紀にかまっていると、外野がうるさい。

それは、佐和紀を組に残して、大滝《おおたき》組の直系本家に籍を移した男たちだ。そのうちの一人を兄貴分としている岩下《いわした》が四方八方から文句を言われ、ひそかにブチ切れたせいで田辺は大輔《だいすけ》を抱く羽目に陥った。

男をかまいたいなら、他のヤツにしろという意味だ。

とばっちりだったが、男たちの気持ちが、わからないではない。佐和紀は、そういう美人だ。田辺もそこは認めている。顔だけは好みの直球ど真ん中で、困った顔をさせたいがために無理難題を吹っかけてしまう。

ときどき奇跡的に見せる笑顔も魅力的だが、うぶな寝顔も、怒り狂った顔もいい。だから、田辺の携帯電話には佐和紀の写真がたくさん残っている。フォトジェニックなセックスアイコンだ。その写真で興奮するというより、ノスタルジックな性欲をかき立てられる。学生時代、ひっそりと好きだった女教師や、一瞬だけ付き合って別れた先輩女子を思い出す。

「……勝手にやれよ」

むすっとした口調で、佐和紀は目を据わらせた。

「見てるだけで、いくら払わせるつもりだよ」

田辺が聞くと、

「二十万」

たいした計算もせず平気な顔で言う。

思わず笑ってしまい、田辺はがっくりと肩を落とした。

「無理だ。いくらなんでも、おまえにそんな価値はない」

「……じゃあ、貸してくれ」

「嫌だ」

はっきり答えると、佐和紀は困りきった顔でうつむいた。ぐっとくちびるを噛《か》みしめるのが見え、田辺の胸に痛みが走る。佐和紀がかわいそうだからじゃない。

大輔を思い出したからだ。妻と別れる踏ん切りはつかないようだが、関係は続けてくれている。あの男にしたら、二人の関係は屈辱と苦痛でしかないだろう。

それでも、人間的な感情を見出してくれるのが嬉《うれ》しかった。岩下のキツい仕置きに耐えた甲斐《かい》もある。

「新条、おまえさぁ……」

声をかけると、佐和紀は不満げに顔をあげた。眼鏡をかけていても、素顔を知っていればじゅうぶんにきれいだと思える。

田辺は思わず笑みをこぼした。携帯電話に溜《た》め込んだ写真を見てしまったときの大輔を思い出したからだ。誤解されたい気持ちがあって、いつでも見られるようにしておいたのだ。ホテルでの密会なら携帯電話を盗み見たりしないだろうが、旅先なら大輔の気が向くかもしれないと思った。

それでこじれるなら大いに結構だし、困惑してくれるだけでもよかった。

どうにかして、大輔の胸に傷跡を残したかったのだ。それもできる限り、優しいやわら

←アルバム
カメラロール

かな傷だ。作戦は思った以上の効果を見せて、大輔は携帯電話の中の写真に嫉妬《しっと》した。

誰《だれ》なのかと遠回しに聞いてきたときの物寂しい表情が、田辺の胸を掻《か》きむしる。

甘い言葉を並べ立てても信じてもらえないから、イチかバチかの賭《か》けにでなければならないのだ。鉄でできているような繭《まゆ》を壊して、あの男の心に触れるには、まだまだ時間がかかる。それでも、いつかは届くと、田辺は信じていた。

信じていたいのだ。それしか、考えられない。

「二十万か……」

田辺はぼそりとつぶやいた。

「明日の夜、俺の仕事がある。ちょっとした交流会だ。相手は金持ちのマダム。それを相手の酌ならできるだろう。ついでに、男も数人たらし込んでくれ」

「……何をして」

「リップサービスだよ。あぁ、フェラチオじゃないから。金を持ってる男が好きだって、ささやくんだよ。金を出すようにそのかしてくれ。細かいことは明日の昼にでも話す」

田辺は時計を確認した。

「金も明日でいいだろう。おまえは見た目がいいから助かる」

でも、良すぎて使い勝手が悪い。何度も頼めない仕事だ。

「なんか、人が良くて気持ち悪い」

眉《まゆ》をひそめた佐和紀に言われ、ははんと笑って返す。ポケットに入れた携帯電話が震えるのに気づき、画面を確認する。

メールだ。それも、大輔からの。

「仕事が入った。まだツマミも残ってるから、食っていけよ」

「……追加していい？」

「なんでだ。ふざけるな」

そう言ってはみたが、佐和紀に優しくするといいことが起こりそうな気がして、態度を変えた。

「まぁ、今日はいいか。度を超えたら、明日の話をなしにするからな」

そう言い残して、店のママに後を頼んだ。佐和紀のことを知っている相手だから、快く引き受けてくれる。

店を出て電話をかけると、コール数回で大輔に回線が繋《つな》がる。

『オッス』

ずっと待っていた声がやっと聞ける。胸にじんと響いて、そんな自分を、田辺は情けないと思う。

「どうしたの」

そっけなく言うのは、相手が尻込《しりご》みしないようにだ。待っていたと言わんばかりに食らいついたら、大輔は恐れをなして逃げてしまう。そっと、そっと、足音をさせないで近づいていく。

『んー、メシでも、って……いつものとこ』

「居酒屋？」

仕事が終わったばかりなのだろう。嫁が待つ家に帰るのが億劫《おっくう》なのは、不在を知るのも怖いからだ。もっと深い時間なら、向こうも家に戻っている。

「いいけど。別の店は？　すぐに押さえるから」

『気楽なところがいいんだよ。ビールをがぶがぶ飲める』

「大丈夫。ビールががぶがぶ飲める、炭火焼きの串《くし》の店。先月、言ってただろ」

『そんなこと、言ったか？　忘れた。でも、美味《うま》そう。個室があるなら』

「聞いてみる。すぐに折り返すから」

口早に言って通話を切り、電話帳に登録してある店へ電話をかける。個室を使用している相手の飲食代を持ってでも押さえるつもりだ。

そうするために、前々から通っている。大輔がどんなものを食べたいと言ってもすぐに融通できるよう、日頃から新規開拓と根回しは忘れない。組関係の人間はいっさい連れていかない、大輔のためだけのリストだ。

うまく個室を押さえ、大輔に電話をかけ直す。店までのタクシー代は出すからと話をつけ、現地で合流する。

その日の大輔はボロボロだった。

三日は洗っていないボサボサの髪をして、まともな食事にありつきたいと言いながら目をショボショボさせる。どうやら徹夜続きらしい。

駆けつけ三杯のビールを飲み干し、会話もそこそこに食事をかき込む。おそらく炭火焼きだろうが、定食屋だろうが、今の大輔には同じだろう。

それでも、徹夜明けの食事に呼ばれたのは、他の誰でもない自分だ。

田辺はゆっくりと酒を飲み、喉《のど》を詰まらせそうな大輔を眺める。

「三宅《みやけ》さん。仮眠してから帰りますか」

食べたいだけ食べて、急に酒が回ったらしい大輔がふらふらと身体を揺らす。

「ちゃんとして帰らないと、……奥さんに嫌味を言われるよ」

ささやきかけると、男らしい眉がぴくりと動く。垂れ目がちな瞳《ひとみ》が弱りきった表情になる。

「ちょっと寝て、シャワーを浴びて、シャキッとしてから帰ればいい」

「あー、でもなぁ……。んー」

たいして考えてはいないのだろう。乗らない返事は単なるポーズだ。

金を払い、呼んでもらったタクシーに乗り込む。ホテルの部屋はもう取ってある。

そこへ連れ込むと、大輔は何の警戒もせずに服を脱いだ。パンツと靴下だけになり、よろよろと壁にもたれる。

「三宅さん、危ないから。……大輔さん、シャワーする?」

くったりしている身体を抱き寄せると、肩にあごが乗っかってくる。素直だ。

「あー、うーん。頭、洗ってくれぇー」

誰と間違えているのかと、田辺の心はわずかに塞《ふさ》いだ。昔、まだ仲の良かった頃の嫁だろうかと思い、そっと頬《ほお》にくちびるを押し当てた。

「くすぐってぇだろ」

けらけらと笑った酔っ払いの腕が、田辺のジャケットを握りしめた。

「たなべぇ、おまえ、エロい」

垂れ目がますますさがって、締まりのない顔だ。でも、それも、かわいい。

「エロい、匂《にお》い……。なんだろ、勃起《ぼっき》しそう……」

大輔は酔っている。だから、自分が何を言っているかもわかっていない。腕に抱えたまま、田辺は服を脱ぐ。それから、大輔のボクサーパンツと靴下を脱がした。

バスルームへ連れていき、足元に気をつけながら浴槽に誘う。座らせておいて、シャワーの湯加減をみた。

「たなべー。たーなーべー」

「聞こえてる……」

甘えるように呼ばれると反応に困ってしまう。思いっきり甘やかしたいが、酔いが醒《さ》めた後の冷たさを思うと、自分の心が折れそうで怖い。それでも、あきらめる気はさらさらなかった。

「なー、おまー、なにしてたぁー」

「……仕事だけど」

「しごとぉ？　おんなと、してただろ」

「してない」

「うそつけ。エロい匂いしてる。こういう匂いが、人間からするときゃなぁー。エロなんだよ」

意味がわからない。言ってる本人もわかっていない。

「ヤキモチなの？」

身体にシャワーをかけてやりながら、小声で聞く。水音にまぎれるかと思ったのに、大輔はちゃんと聞き取った。

「は？　うぬぼれ！　うぬぼれだ、おまえ……」

ぷんっと頬が膨らんだ。そのままそっぽを向く仕草に、田辺の心臓は撃ち抜かれる。

シャワーが手から滑り落ち、勢いに任せて大輔を抱き寄せた。腕にくるりと入ってくる相手の動きは、それを待っていたとわかる。胸にしっかりと抱いて、頬を撫《な》でながら、くちびるを重ねた。

「んっ、んっ……」

「大輔さん、疲れマラでしょ……。先に抜いてあげるよ。ね？　ほら、かわいい。こんなに素直に勃起して。やらしいね。本当に、疲れてるからなの？」

何度もキスをしながら手でこねると、大輔は細い声を漏らして腰を震わせる。

「うっ……ぅ。んんっ、ん……はっ、う……」

「それとも、俺の匂いで勃《た》っちゃった？　ねぇ、後ろも、しようか」

そっと手を滑らせると、それは嫌がられた。

「……酔って、るから……。それは……おまえに、触られ……」

田辺の指に喘《あえ》ぎながら、大輔はまともなことを言う。酔っていても、それを考える理性はあるのだ。自分の身勝手さを申し訳ないと思う大輔の理性だ。

強情なぐらいの真面目《まじめ》さが愛《いと》おしく思え、田辺はただ手を動かした。気持ちよく喘がせて、大輔のペースで射精まで持っていってやる。

「あっ、あぅ……う、ぅうん……っ」

身悶《みもだ》えるように腰をよじらせて達した大輔は、はぁはぁと肩で息を繰り返す。あとはまたくったりと力が抜ける。

田辺はそれ以上を求めず、おとなしく髪を洗ってやった。身体も泡で拭《ぬぐ》い、丁寧に洗い流す。

大輔はゆらゆらと揺れていたが、眠ってはいなかった。

指先がときどき、田辺の足を掻く。そっと毛を引っ張られ、痛いと訴えると、子供のような笑い声が聞こえた。

「……あの美人と、会ってた……？」

「え？　美人？」

誰のことか、すぐにはわからない。シャワーを止め、タオルを取りに行こうとする腰が摑《つか》まれた。

不意打ちだ。完全に意表を突かれた田辺はその場に固まった。

「ん……っ」

大輔を触るだけで立ち上がっていた場所が、ぱくっと食《は》まれる。

「ちょっ……と……っ」

押しのけることはできない。待っていた行為だ。酔っているからこそ奔放に舐めしゃぶられ、田辺はよろけるようにバスルームの壁にすがった。

「大輔さん……出るから……。くち、離そう……。ほら、いい子だから。そんなに深く、くわえないで……」

いつもなら嫌がるほど深く吸い込まれ、田辺はたまらず、腰辺りをくすぐる大輔の髪を摑んだ。腰が動いてしまいそうだ。えずかせたくなくて必死にこらえたが、わざとらしく抜き差しされてたまらなくなる。

「あんたっ……あ、あぁっ……く、そっ……」

息が乱れ、腰が動く。たまらなく気持ちよかったが、目は閉じなかった。自分のものをくわえて離さない男を見下ろす。

誰と会っていたか、そんなことを気にしているのかと、胸が熱くなる。

大輔のためなら、どんな相手でも捨て置いて駆けつけるのに。そんなこともまだ知らない。近づくほどに、何かが離れていく二人だ。

それでもいいと田辺は思う。遠回りをしてでも、必ず、大輔をモノにする。傷つけず、このままで、強がりごと抱き寄せたい。

「大輔さん……」

口から引き抜こうとしたが許されず、田辺の精液は大輔のくちびるの間近で弾《はじ》けた。

「出して……あぁ！　飲まない！　そんなの……酔ってするなよ。もったいない。……もっと、ちゃんとしてるときにしてくれよ」

「よく、ないか……」

「どうして、そこでショゲるんだよ……っ。よかったに決まってるだろ。すっげぇ、持っていかれただろ。ひとたまりもなかったじゃないか！」

田辺が声高に訴えても、口にお湯を含んで吐き出す大輔は不満顔だ。田辺の胸の奥がツンと痛む。

「……だ、抱きたい……」

みっともないのを承知でうなだれる。でも、酔っているところにツケこんだと知られたら、せっかく稼いだ点数が水の泡だ。

「じゃあ、するか？」

本人はあっけらかんと言うが、酔いが醒めれば、田辺が悪いと責めるに決まっている。

「ベッドでね……」

機嫌を損ねないように答えたが、大輔がすぐに眠ってしまうことはわかっている。髪も身体も洗って、一発抜いた後だ。あとはもう睡眠欲を満たしたいばかりだろう。

「ベッドで、抱っこしてあげるから。おいで、大輔さん。立てる……？」

いつもは許されない優しい口調で世話を焼く。

ほんの一瞬、佐和紀のきれいな顔が脳裏をよぎった。

あの男の悲しさを、自分は知っていたように思う。それを補ってやりたくて、いつかは泣きつくだろうと思いながら苛《いじ》めてきた。

助けてくれ、面倒をみてくれと泣いてすがったなら、身体から何から面倒をみてやったのに。そう思いながら、田辺は大輔の身体にローブを着せて、ふたを閉じた便器に座らせる。自分もローブを着て、ドライヤーで髪を乾かした。大輔はもう自分で身体を起こしていることもできず、田辺の腹に額を押しつけている。

「あいつは、なんでもないいんだよ」

大輔に向かって話した。覚えていないことは百も承知で、話して聞かせる。

「あんたなんだ。俺がずっと探してたのは、あんたなんだよ」

誰かに優しくしたかった。それが、誰もが振り返る美しい男であればいいと思ったのは、大輔を知らなかったからだ。

男という役割を果たそうと職務に邁進《まいしん》して、責任感で家庭を持つ。それが世間で言うところの『立派な男』だと大輔は信じている。そして、見事に役割を果たしながらも、心の奥は疲れ切っていた。

そんな人間は掃いて捨てるほどいるだろう。

だからこそ、田辺にとっては大輔がいい。田辺が自分の心で選んだ相手だ。理由なんてものは、すべて後づけに過ぎないから。

昼間は男らしく過ごす大輔を、夜だけは甘やかして甘やかして、大切にしてやりたい。

「俺だけが、あんたを本当に大切にするから。……明日には、忘れてもいい。また、話すから。いつか、あんたにも、わかってもらうから」

そんな日が来るだろうか。

何ひとつ間違わず心を通わせて、岩下の横やりを受けずに大輔を守り切れるだろうか。

できないと思えても、やるしかない。大輔はたった一人だ。失えば、代わりはいない。

いつのまにか、大輔は寝息を立てていた。明日の朝になれば、また田辺が勝手なことをしたと怒るだろう。だからこそ、替えの下着とシャツを買ってきて、そして夜が明ける前に起こしてやろう。

不毛な夫婦生活だとしても、それが大輔にとって大事なことなら、今はまだ協力する。

そのときが来るまでは、まだ……。

あとがき

こんにちは。高月紅葉です。新シリーズ第一弾となります。インテリヤクザ×組対（マル暴）刑事のふたり、いかがでしたでしょうか。今回のシリーズも、『仁義なき嫁（仁嫁）シリーズ』と同じ世界観になっています。でも、単独で『刑事にシリーズ』としました。

というのも、初出は『仁義なき嫁』よりもこちらが早いのです。一作目からかなりの期間をおいての二作目執筆となりましたので、より巻数を重ねていた仁嫁シリーズのスピンオフと見られることが多いようです。どちらかと言えば、仁嫁がスピンオフなのでは……と思います。ちなみに、仁嫁シリーズで田辺が登場するのは電子書籍の番外編集のみです。

そして佐和紀は金がなさすぎて、身売り同然に（お互いに顔も知らないまま）周平と結婚しています。田辺も早く気持ちが通じて、結婚してもらえるといいですね。その前に大輔の離縁ですが……。刑事にシリーズの続きは電子配信済です。

最後に、本書に関わった皆様に感謝を。読んでくださる、あなたには、最大限に。

高月紅葉

ラルーナ文庫

この本を読んでのご意見・ご感想・ファンレターなどお待ちしております。〒111−0036 東京都台東区松が谷1−4−6−303 株式会社シーラボ「ラルーナ文庫編集部」気付でお送りください。

インテリヤクザと甘い代償：電子書籍に加筆修正
baby step：書き下ろし
刑事に甘やかしの邪恋：電子書籍に加筆修正
そして今夜、恋を：書き下ろし

刑事《けいじ》に甘《あま》やかしの邪恋《じゃれん》

2018年11月7日　第1刷発行

著　　者｜高月《こうづき》 紅葉《もみじ》
装丁・DTP｜萩原 七唱
発 行 人｜曺 仁警
発 行 所｜株式会社 シーラボ
〒111-0036　東京都台東区松が谷1-4-6-303
電話　03-5830-3474／FAX　03-5830-3574
http://lalunabunko.com
発　　売｜株式会社 三交社
〒110-0016　東京都台東区台東4-20-9　大仙柴田ビル2階
電話　03-5826-4424／FAX　03-5826-4425
印刷・製本｜中央精版印刷株式会社

ISBN978-4-87919-969-0